W0197811

Italo Calvino

Die Mülltonne und andere Geschichten

Aus dem Italienischen
von Burkhart Kroeber

Mit einem Nachwort
von Jean Starobinski

Carl Hanser Verlag

Die Originalausgabe erschien 1990 unter dem Titel
La strada di San Giovanni
bei Mondadori in Mailand.
Das Nachwort von Jean Starobinski wurde von
Horst Günther aus dem Französischen übersetzt.

1 2 3 4 5   98 97 96 95 94

ISBN 3-446-16594-0
© 1990 by Palomar S.r.l. und Arnoldo Mondadori
Editore S. p. A., Mailand
© für das Nachwort von Jean Starobinski:
Arnoldo Mondadori Editore S. p. A., Mailand 1991
Alle Rechte der deutschen Ausgabe:
© Carl Hanser Verlag München Wien 1994
Satz: Fotosatz Reinhard Amann, Aichstetten
Druck und Bindung: Franz Spiegel Buch GmbH, Ulm
Printed in Germany

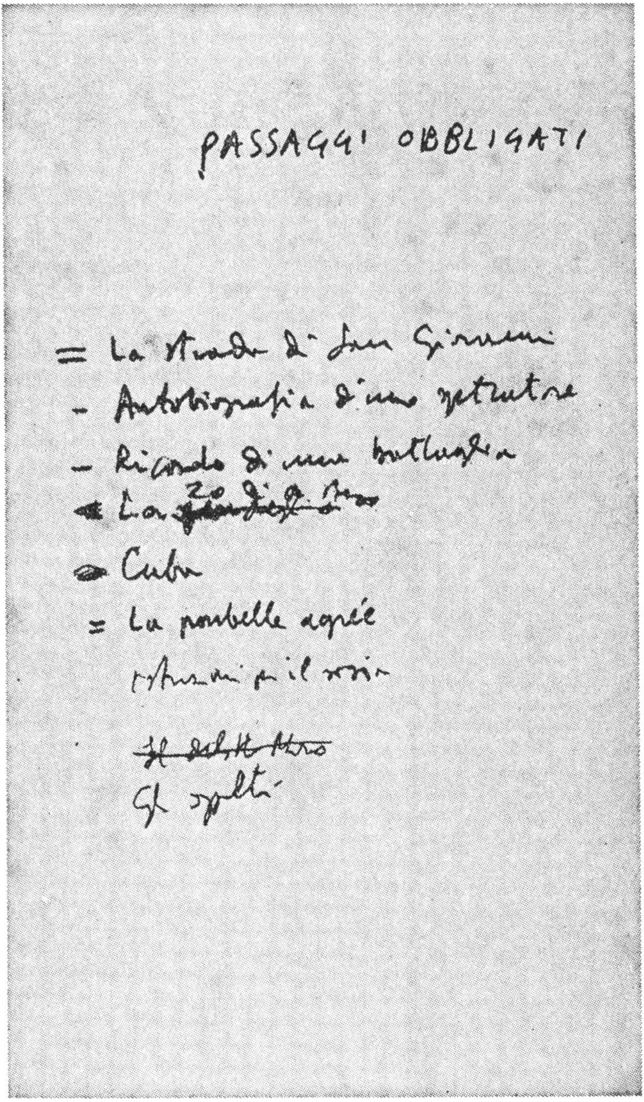

PASSAGGI OBBLIGATI

= La strada di San Giovanni

– Autobiografia di uno spettatore

– Ricordo di una battaglia

La ~~[illegible]~~ 20 [illegible]

Cuba

= La poubelle agréée

Istruzioni per il [illegible]

~~Il delitto Moro~~

Gli [illegible]

Vorbemerkung

Eines Tages, im Frühjahr 1985, sagte mir Calvino, er werde wohl noch zwölf weitere Bücher schreiben. »Ja sogar«, fügte er hinzu, »vielleicht fünfzehn.«

Das erste wären fraglos die Harvard-Vorlesungen gewesen.[1] Für das zweite und dritte hatte er, denke ich, auch schon ein paar Ideen. Er stellte wechselnde Titellisten auf, änderte einige Titel, modifizierte bei anderen die Chronologie.

Eines der in Arbeit befindlichen Bücher sollte aus einer Reihe von »Erinnerungsübungen« bestehen. Fünf davon, die er zwischen 1962 und 1977 geschrieben hatte, habe ich hier versammelt. Ich weiß jedoch, daß er noch andere schreiben wollte: »Istruzioni per il sosia« (Instruktionen für den Doppelgänger), »Cuba« und »Gli oggetti« (Die Dinge). Auf den von ihm vorgesehenen Titel »Passaggi obbligati«[2] glaubte ich freilich verzichten zu müssen, da mir zu viele Passagen zu fehlen schienen.

Esther Calvino

1 *Sechs Vorschläge für das nächste Jahrtausend*, Harvard-Vorlesungen, Aus dem Italienischen von Burkhart Kroeber, Hanser, München 1991.

2 Etwa: »Obligatorische Durchgänge« (A. d. Ü.).

Der Weg nach San Giovanni

Eine allgemeine Erklärung der Welt und der Geschichte muß zunächst berücksichtigen, wie unser Haus in jener Gegend lag, die früher »Spitze von Frankreich« genannt wurde, nämlich auf halber Höhe unter dem Hügel von San Pietro, gleichsam auf der Grenze zwischen zwei Kontinenten. Unten, gleich vor unserer Gartentür und dem Privatweg, begann die Stadt mit ihren Gehsteigen, Schaufenstern, Kinoplakaten und Zeitungskiosken, nach ein paar Schritten kam die Piazza Colombo und dann die Marina; oben brauchte man nur aus der Küchentür auf die Platten des *beudo* zu treten, der direkt hinterm Haus vorbeiführte (ein *beudo* ist im Ligurischen ein künstlicher Wasserlauf, der das Wasser aus den Bergbächen in die Küstengebiete verteilt: ein kleiner Kanal im Schutz einer niedrigen Mauer, flankiert von einem schmalen, mit Platten gepflasterten Gehweg), und sofort war man auf dem Lande, hinauf über die mit Ziegelbruch gepflasterten Saumpfade, zwischen Trockenmauern und Rebenpfählen und wildem Grün. Von hier aus brach mein Vater immer auf, in seiner Jägerkleidung mit den Gamaschen, und man hörte den Tritt seiner Nagelschuhe auf den Platten des *beudo* und das Klirren der Messingbeschläge am Halsband des Hundes und das Quietschen der kleinen Gartentür, durch die man auf den Weg nach San Pietro kam. Für meinen Vater begann die Welt von dort an aufwärts, und der andere Teil der Welt, der unten gelegene, war nur ein Anhang, bisweilen notwendig, um etwas zu erledigen, aber fremd und bedeutungslos, schnell zu durchmessen mit langen Schritten fast wie auf der Flucht, ohne den Blick umherschweifen zu lassen. Nicht so für mich, im Gegenteil: Für mich ging die Welt, die Karte des Planeten, von unserem Hause nach unten, der Rest war ein weißer Fleck, der keine Bedeutung hatte; die Zeichen der Zukunft erwartete ich da unten zu entziffern, in jenen Straßen, jenen nächtlichen Lichtern, die nicht nur die Straßen und Lichter unserer abgelegenen kleinen Stadt waren, sondern *die* Stadt schlechthin, ein Vorschein aller möglichen Städte, so wie auch der Hafen bereits die Häfen aller Kontinente umfaßte, und wenn ich mich über die Brüstung unseres Gartenmäuerchens lehnte, war alles, was mich lockte und mich verwirrte, schon in Reichweite – wenngleich noch sehr fern –, alles war implizit schon vorhanden wie die Nuß in der Schale, die Zukunft und die Gegenwart, und der Hafen – immer wenn ich mich über jene Brüstung lehnte, und ich weiß nicht genau, ob ich hier von dem Alter spreche, als ich den Garten nie verließ, oder von der Zeit, als ich mich fast ständig draußen herumtrieb, denn die beiden Lebensalter sind inzwischen zu *einem* verschmolzen, und dieses eine ist eins mit den Orten geworden, die heute weder Orte noch sonstwas mehr sind –, der Hafen war nicht zu sehen, er lag verborgen hinter den Dächern der hohen Häuser von Piazza Sardi und Piazza Bresca, und nur ein Stück von der Mole und die Spitzen der Schiffsmasten lugten hervor; auch die Straßen waren verborgen, und es gelang mir nie, ihre Topographie mit derjenigen der Dächer in Einklang zu bringen, so unerkennbar schienen mir von oben die Proportionen und die Perspektiven – dort der Campanile von San Siro, hier die pyramidenförmige Kuppel des

Stadttheaters Principe Amedeo, da der eiserne Turm der alten Fahrstuhlfabrik Gazzano (die Namen drängen sich heute, da es die Dinge nicht mehr gibt, als unersetzbar und endgültig in den Text, um auf der geschriebenen Seite bewahrt zu werden), die Mansarden des sogenannten »Pariser Hauses«, eines großen Mietshauses, das Verwandten von uns gehörte und zu jener Zeit (ich bin jetzt etwa um 1930 angelangt) ein isolierter Vorposten der fernen Metropolen war, hoch über der Schlucht des Torrente San Francesco ... Auf der gegenüberliegenden Seite erhob sich wie eine Kulisse – der Wildbach war unten verborgen, mitsamt dem Schilf, den Wäscherinnen, den Abfällen unter der Roglio-Brücke – das Ufer von Porta Candelieri, wo wir damals ein abschüssiges Stück Land besaßen, und die alte Kasbah von La Pigna, grau und porös wie ein ausgegrabener Knochen, mit schwarz geteerten oder gelben, grasbewachsenen Streifen, überragt – an der Stelle des Viertels von San Costanza, das durch das Erdbeben von 1887 zerstört worden war – von einem wohlgeordneten und ein wenig tristen öffentlichen Park, der sich mit seinen Hekken und Spalieren den Hügel hinaufzog – bis hin zu dem auf Pfählen errichteten Ballsaal einer Freizeitorganisation, dem Gebäude des alten Spitals und der barocken Kirche der Madonna della Costa mit ihrer beherrschenden blauen Kuppel. Rufe von Müttern, Gesänge von Mädchen oder von Angetrunkenen, je nach der Tageszeit und dem Wochentag, erhoben sich von jenen Hängen über der Stadt und schwebten auf unseren Garten nieder, klar durch einen stillen Himmel; während die Stadt, verborgen unter den roten Schuppen ihrer Dächer, undeutlich ihr Scheppern von Trambahnen und ihr Dröhnen von Hämmern ertönen ließ, dazu die einsame Trompete im Hof der Kaserne

De Sonnaz und das Kreischen aus dem Sägewerk Bestagno sowie – zu Weihnachten – die Jahrmarktsmusik des Karussells an der Marina. Jeder Ton, jede Gestalt verwies weiter auf andere, die mehr zu ahnen als zu hören oder zu sehen waren, und so fort.

Auch der Weg meines Vaters führte weit hinaus. Mein Vater sah von der Welt nur die Pflanzen und was mit den Pflanzen zusammenhing, und bei jeder Pflanze, die er sah, nannte er laut den Namen im absurden Latein der Botaniker und den Herkunftsort – sein ganzes Leben lang war seine Leidenschaft die Kenntnis und Akklimatisierung exotischer Pflanzen gewesen – sowie den gewöhnlichen Namen, sofern es einen gab, im Spanischen oder im Englischen oder auch in unserem Dialekt, und in dieses Benennen der Pflanzen legte er seine ganze Leidenschaft für das Ergründen eines endlosen Universums, für das jedesmal wiederholte Vordringen bis zu den äußersten Grenzen einer pflanzlichen Genealogie, um sich ausgehend von jedem Zweig oder Blatt oder Blattgeäder einen Weg wie ein Wasserlauf in die Lymphe zu bahnen, in das Netz, das die Erde grün überzieht. Und was das Kultivieren betraf – denn auch das war seine Leidenschaft, seine erste sogar –, zum Kultivieren unseres kleinen Landgutes von San Giovanni ging er jeden Morgen mit dem Hund durch die Küchentür hinaus, eine halbe Stunde zu Fuß in seiner Gangart, fast immer bergauf –, das Kultivieren betrieb er mit einem nie erlahmenden Eifer, als würde es ihm nicht so sehr darauf ankommen, die paar Hektar ertragbringend zu nutzen, als vielmehr nach Kräften zur Erfüllung einer Aufgabe der Natur beizutragen, für welche sie der Mithilfe des Menschen bedarf, nämlich alles Kultivierbare zu kultivieren, sich einzuklinken in eine fortdauernde Geschichte, vom Samenkorn, vom Setzling oder vom Pfropfreis bis hin zur Blüte, zur Frucht, zur Pflanze und wieder von vorn ohne Anfang und Ende in den engen Grenzen der Erde (des Landgutes oder des Planeten). Doch außerhalb des kultivierten Gürtels genügte ein Quieken, ein Schwirren, ein Rascheln im Gras, und ruckartig hob er die forschenden runden Augen und den Spitzbart und blieb reglos horchend stehen (er hatte einen starren Eulenblick, in dem es bisweilen aufblitzte wie bei einem Raubvogel, einem Adler oder Kondor), und schon war er nicht mehr der Mann der Felder, sondern der Mann der Wälder, der Jäger, denn das war seine Leidenschaft – die erste, jawohl, die erste, das heißt die letzte, die extremste Form seiner einzigen Leidenschaft: zu erkennen, zu kultivieren, zu jagen, sich auf jede Weise über die Wildnis herzumachen, einzudringen in jene nicht anthropomorphe Welt, vor der (und nur dort) der Mensch erst Mensch war – zu jagen, auf der Lauer zu liegen, in der Kälte der Nacht vor Anbruch des Tages, auf den kahlen Höhen von Colla Bella oder Colla Ardente, in Erwartung der Drossel, des Hasen (als Haarwildjäger hatte er wie alle ligurischen Landwirte einen Spürhund), oder in den Wald einzudringen, ihn Schritt für Schritt zu durchsuchen, der Hund mit der Nase am Boden, alle Stellen aufzuspüren, wo das Wild wechselte, in jeden Winkel zu schauen, wo in den letzten fünfzig Jahren Füchse und Dachse ihre Löcher gegraben hatten, die niemand außer ihm kannte, oder auch – wenn er die Flinte nicht mitnahm – dorthin zu gehen, wo Pilze nach dem Regen aus dem feuchten Erdboden schießen oder wo eßbare Schnecken ihre Spuren ziehen, kreuz und quer durch den vertrauten Wald mit seinen Flurnamen aus der Zeit Napoleons – Monsù Marco, Fascia del Caporale,

Cammino dell'Artiglieria –, und jedes Wild und jede Fährte war ihm recht, um kilometerweit außerhalb der gebahnten Wege zu gehen, das Gebirge Tal für Tal zu durchwandern, tage- und nächtelang, zum Schlafen in jene primitiven, aus Steinen und Zweigen errichteten Bauten kriechend, die zum Dörren von Kastanien dienen, allein unterwegs mit dem Hund und der Flinte, bis hinüber nach Piemont, bis nach Frankreich, ohne je den Wald zu verlassen, auf selbstgebahnten Wegen, auf jenen geheimen Wegen, die nur er kannte und die durch alle Wälder gingen, die alle Wälder zu einem einzigen Wald vereinten, alle Wälder der Welt zu einem Wald jenseits aller Wälder, alle Orte der Welt zu einem Ort jenseits aller Orte.

Man versteht nun, wie weit unsere Wege auseinandergingen, der meines Vaters und meiner. Aber auch ich, was suchte ich anderes als den gleichen Weg, den mein Vater ins Dickicht einer anderen Fremdheit geschlagen hatte, nun meinerseits in die Überwelt (oder die Hölle) der Menschen zu schlagen, was suchte ich mit meinem Blick in die trübe beleuchteten nächtlichen Hauseingänge (in denen manchmal der Schatten einer Frau verschwand), wenn nicht die halboffene Tür, die zu durchschreitende Kinoleinwand oder die umzublätternde Seite, die mich in eine andere Welt entführten, wo alle Wörter und Figuren wahr und greifbar wurden, gegenwärtig, *meine* Erfahrung, nicht mehr nur das Echo eines Echos eines Echos.

Miteinander zu reden fiel uns schwer. Beide von Natur aus gesprächig, erfüllt von einem Meer von Wörtern, blieben wir, wenn wir zusammen waren, stumm und gingen schweigend nebeneinander her den ganzen Weg nach San Giovanni. Für meinen Vater hatten die Wörter als Bestätigung der Dinge und Zeichen ihres Besitzes zu dienen; für mich waren sie Verheißungen kaum geahnter, nicht besessener, nur vermuteter Dinge. Der Wortschatz meines Vaters erging sich im endlosen Katalog der Arten und Gattungen, in der ganzen Vielfalt des Pflanzenreiches – jeder Name bedeutete eine in der kompakten Dichte des Waldes erkannte Differenzierung und mithin die Gewißheit, daß der Herrschaftsbereich des Menschen bis dahin ausgedehnt worden war – sowie in der Fachterminologie, in der die Exaktheit der Benennung Hand in Hand mit dem Bemühen um Exaktheit der Operation und des Handelns geht. Zudem vermischte sich diese ganze babylonische Nomenklatur mit einem ebenso babylonischen Bodensatz von idiomatischen Wendungen, in dem mehrere Sprachen zusammenkamen, unterschiedlich gemischt je nach den Bedürfnissen und Erinnerungen (die Mundart für die lokalen Dinge und die Grobheiten – er besaß einen ungewöhnlich reichen mundartlichen Wortschatz, voll von altfränkischen, nicht mehr gebräuchlichen Ausdrücken –, das Spanische für die allgemeingültigen Aussagen und die Liebenswürdigkeiten – er hatte seine glücklichsten Jahre in Mexiko verbracht –, das Italienische für die Rhetorik – er war in jeder Hinsicht ein Mann des neunzehnten Jahrhunderts –, das Englische – er hatte auch Texas bereist – für die Praxis und das Französische für die Scherze), woraus sich eine Sprechweise ergab, die ganz aus Formeln bestand, aus pünktlich wiederkehrenden Floskeln als Antwort auf bestimmte wiederkehrende Situationen, wodurch die Gemütsaufwallungen exorziert wurden, ein Katalog auch dies, parallel zu dem der landwirtschaftlichen Nomenklatur – und zu jenem anderen, der nicht aus Wörtern bestand, sondern aus bestimmten Pfiffen, Piepsern, Trillern, Zwitschertönen und Schuhu-Rufen, Ergebnis seiner Bravour beim Imitieren von Vogelstimmen, sei's durch bloßes Formen der Lippen, sei's mit Zuhilfenahme der Hände, die in geeigneter Weise an den Mund gelegt wurden, sei's mit kleinen Pfeifchen oder anderen Apparaturen, die geblasen oder gedrückt werden mußten und von denen er ein ganzes Sortiment in den Taschen seiner Jägerjoppe mitführte.

Ich konnte weder eine Pflanze noch einen Vogel wiedererkennen. Für mich waren die Dinge stumm. Die Worte strömten mir unentwegt durch den Kopf, aber nicht verbunden mit Dingen, sondern mit Emotionen, Phantasien, Ahnungen. Und es genügte ein Fetzen zerknüllten Zeitungspapiers, der mir zwischen die Füße geriet, und schon sog ich wie ein Süchtiger in mich hinein, was da verstümmelt und uneingestehbar zu lesen stand – Namen von Theatern, Schauspielerinnen, Nichtigkeiten –, und schon begann mein Denken zu galoppieren, und die Kette der Bilder sollte ein paar Stunden lang nicht mehr abreißen, während ich weiter stumm neben meinem Vater herging, der auf gewisse Blätter jenseits eines Mäuerchens zeigte und sagte: »Hypotoglaxia jasminifolia« (ich erfinde hier Namen, die richtigen habe ich nie behalten), oder er sagte: »Photophila wolfoides« (ich erfinde weiter, es waren Namen in dieser Art) oder auch »Crotodendron indica« (natürlich hätte ich jetzt die richtigen Namen heraussuchen können, anstatt sie hier zu erfinden, und womöglich hätte ich dann sogar entdeckt, welche Pflanzen es wirklich waren, die mir mein Vater damals genannt hatte; aber das wäre Mogelei gewesen, es hätte bedeutet, den Verlust nicht zu akzeptieren, den ich mir damals selber eingebrockt hatte, die tausend Verluste, die wir uns ständig selber einbrocken und für die es keine Wiedergutmachung gibt). (Und doch, und doch, wenn ich hier richtige Pflanzennamen hingeschrieben hätte, wäre das ein Akt der Bescheidenheit und der Pietät gewesen, eine späte Rückbesinnung auf jene demütige Weisheit, die ich in meiner Jugend verworfen hatte, um statt dessen auf unbekannte und ungewisse Karten zu setzen, es wäre eine Geste der Versöhnung mit meinem Vater gewesen, ein Beweis meiner Reife, aber ich habe es nicht getan, ich habe mich selbstgefällig an diesem Scherz mit den erfundenen Namen vergnügt, an dieser bemühten Parodie, die zeigt, daß da noch etwas zurückgeblieben ist, ein unbewältigter Rest von Abwehr und Widerstand, die zeigt, daß der allmorgendliche Gang nach San Giovanni noch immer weitergeht mitsamt seinem Zwiespalt, daß jeder Morgen meines Lebens noch immer der Morgen ist, an dem ich an der Reihe bin, unseren Vater nach San Giovanni zu begleiten).

Wir mußten unseren Vater abwechselnd nach San Giovanni begleiten, einen Tag ich und einen mein Bruder (nicht in der Schulzeit, weil unsere Mutter es dann nicht erlaubte, daß wir abgelenkt würden, aber in den Ferienmonaten, gerade wenn wir lange hätten ausschlafen können), um ihm zu helfen, die Körbe mit Obst und Gemüse hinunterzutragen. (Ich spreche hier von der Zeit, als wir schon etwas größer waren und unser Vater schon alt; aber das Alter unseres Vaters schien immer gleich zu bleiben, zwischen sechzig und siebzig, ein unverwüstliches, nicht zu ermüdendes Alter). Sommers und winters stand er morgens um fünf auf, zog sich geräuschvoll seine ländlichen Sachen an, schnürte sich die Gamaschen (er zog sich immer dick an, zu jeder Jahreszeit trug er Rock und Weste, vor allem weil ihm die vielen Taschen sehr dienlich waren für die verschiedenen Stutzscheren und Pfropfmesser und Bindfaden- oder Bastknäuel, die er ständig mit sich herumtrug; nur im Sommer trug er anstelle der Jägerjoppe aus Barchent und der Schirmmütze mit Ohrenklappen einen verblichenen gelben Leinenanzug aus seiner mexikanischen Zeit und einen Tropenhelm, wie man ihn von Löwenjägern kennt), dann kam er in unser Schlafzimmer, um uns zu wecken, mit harschen Rufen und indem er uns am Arm schüttelte, stapfte dann die Treppe hinunter mit seinen Nagelschuhen auf den Marmorstufen und lief in dem menschenleeren Haus umher (unsere Mutter stand immer erst um sechs Uhr auf, danach unsere Großmutter und als letzte das Dienstmädchen und die Köchin), öffnete die Küchenfenster, kochte sich seinen Milchkaffee und machte die Suppe für den Hund heiß, redete mit dem Hund, stellte die Körbe bereit, die wir nach San Giovanni hinauftragen mußten, leer oder mit Säcken voller Saatgut oder Insektizide oder Dünger (die Geräusche drangen gedämpft in unser halbwaches Bewußtsein herauf, denn nachdem uns der Vater geweckt hatte, waren wir gleich wieder eingeschlafen), und schon öffnete er die Küchentür und war unterwegs, hustend und spuckend, sommers und winters.

Es war uns gelungen, für unsere allmorgendliche Pflicht einen stillschweigenden Aufschub zu erreichen: statt mit unserem Vater hinaufzugehen, brauchten wir erst ein halbes oder ganzes Stündchen später in San Giovanni zu erscheinen, so daß seine Schritte, wenn sie sich am Hang entfernten, für uns das Zeichen waren, daß uns noch ein Restposten Schlaf blieb, an den wir uns klammern konnten. Aber gleich darauf kam unsere Mutter herein, um uns ein zweites Mal zu wecken. »Auf, auf, es ist höchste Zeit, Papa ist schon vor einer Weile weg!«, und sie öffnete die Fenster zu den Palmen, die sich im Morgenwind regten, und zog uns die Decken weg. »Auf, auf, Papa wartet auf euch, ihr müßt die Körbe runtertragen!« (Nein, es ist nicht die Stimme meiner Mutter, die hier wieder lebendig wird auf diesen von der geräuschvollen, aber fernen Präsenz meines Vaters erfüllten Seiten, es ist eine für meine Mutter charakteristische stille Dominanz: ihre Gestalt erscheint kurz zwischen den Zeilen, zieht sich dann aber gleich wieder zurück und bleibt am Rande; eben ist sie durch unser Zimmer gegangen, wir haben sie nicht hinausgehen hören, aber mit dem Schlafen ist es nun endgültig vorbei.) Ich muß mich schnell anziehen und nach San Giovanni hinaufsteigen, bevor mein Vater sich schwerbeladen auf den Rückweg macht.

Er kam immer schwerbeladen zurück. Es war für ihn eine Ehrensache, den Weg nie mit leeren Händen zu gehen. Und da die Fahrstraße nicht durch San Giovanni führte, blieb auch gar nichts anderes übrig, als die Erzeugnisse des Landes mit eigener Armeskraft hinunterzutragen (mit *unserer* Armeskraft, denn die Stunden der Tagelöhner waren teuer und durften nicht verschwendet werden, und die Frauen trugen, wenn sie auf den Markt gingen, schon genug an der zu verkaufenden Ware). (Es gab allerdings auch die Zeit – aber das ist eine noch fernere Kindheitserinnerung – des Maultiertreibers Giuà mit seiner Frau Bianca und der Maultierstute Bianchina, aber Bianchina war schon lange tot, und Giuà hatte sich einen Leistenbruch zugezogen, die alte Bianca hingegen lebt heute noch, während ich dieses schreibe.) Gewöhnlich war es gegen halb zehn oder zehn, daß mein Vater von seiner morgendlichen Tour zurückkam: Man hörte seine Schritte auf den Platten des *beudo*, schwerer als beim Weggehen, dann einen Schlag an die Küchentür (er läutete nicht, weil er die Hände voll hatte, oder vielleicht auch, um seiner Ankunft eine gewisse Dramatik zu verleihen), und man sah ihn eintreten mit einem Korb oder einer Tasche an jedem Arm und dazu noch einem Rucksack oder gar einer richtigen Kiepe auf dem Buckel, und sofort ergoß sich eine Flut von Salatköpfen und Früchten in die Küche, es war immer zuviel für unseren häuslichen Bedarf (ich spreche jetzt von den Zeiten des Überflusses vor dem Krieg, bevor das Bewirtschaften des Gutes zum fast einzigen Mittel wurde, sich mit dem Nötigsten zu versorgen), zum Mißfallen meiner Mutter, die immer darauf bedacht war, daß nichts verschwendet wurde, weder an Dingen noch an Zeit, noch an Kräften.

(Daß das Leben auch Verschwendung sein kann – also daß es auch Leidenschaft sein kann –, nahm meine Mutter nicht hin. Darum verließ sie nie den Umkreis des Gartens mit seinen säuberlich etikettierten Pflanzen, des Hauses mit seinen von Bougainvillea überzogenen Mauern, des Arbeitszimmers mit dem Mikroskop unter der Glasglocke und den Herbarien. Ohne zu schwanken, ruhig und ausgeglichen, verwandelte sie die Leidenschaften in Pflichten und lebte davon. Was jedoch meinen Vater jeden Morgen nach San Giovanni hinauftrieb – und mich hinunter in meine Straßen –, war nicht nur die Pflicht des fleißigen Landmannes oder die Uneigennützigkeit des Erfinders neuer Anbaumethoden – und bei mir nicht nur die Definition der Pflichten, die ich mir allmählich aufbürden wollte –, sondern wilde Leidenschaft, Leiden am Dasein – denn was sonst hätte meinen Vater dazu bringen können, sich durch Gestrüpp und dichtes Unterholz hinaufzuquälen, und mich, mir den Weg durch Labyrinthe aus Mauern und beschriebenem Papier zu bahnen? –, es war ein verzweifeltes Sich-messen-Wollen mit dem, was außer uns bleibt, eine Verschwendung unserer selbst als Antwort auf die allgemeine Verschwendung der Welt.)

Mein Vater ging nie haushälterisch mit seinen Kräften um, nur mit seiner Zeit: nie mied er den steileren Anstieg, wenn es der kürzere war. Von unserem Haus konnte man auf verschiedenen Wegen nach San Giovanni gelangen, je nachdem, welche Saumpfade, welche Abkürzungen und welche Brücken man nahm; der Weg, den mein Vater zu gehen pflegte, war zweifellos das Ergebnis langer Erfahrung und vieler Verbesserungen und Korrekturen; aber mit der Zeit war er ihm so selbstverständlich geworden wie die Treppen im Haus, eine Abfolge von Schritten, die man mit geschlossenen Augen zurücklegen könnte, die im Denken nur noch den Bruchteil einer Sekunde besetzen, als hätte die Ungeduld den Raum und die Müdigkeit abgeschafft. Er brauchte nur zu denken: »Jetzt gehe ich nach San Giovanni« (ihm war plötzlich eingefallen, daß die Topinambure nicht gegossen waren oder daß bei den Auberginenkeimen schon die ersten Blättchen hervorsprießen müßten), und schon fühlte er sich dorthin versetzt, schon brach der Grimm auf die Landarbeiter oder die Tagelöhner, der in ihm aufgestiegen war, in einer Schimpfkanonade auf Männer und Frauen hervor, in der die Grobheit alles Kumpelhafte verloren hatte, um hart und eckig zu werden wie eine Steinmauer. Diese Ungeduld, dieses Nicht-ertragen-Können der Tatsache, daß er sich anderswo als auf seinem Landgut befand, erfaßte ihn manchmal mitten am Tage, wenn er schon von seiner gewohnten morgendlichen Inspektionstour zurückgekehrt war, sich schon umgezogen und seine städtische Kleidung angelegt hatte, den steifen Kragen, die Weste mit der silbernen Kette, den roten Fez aus Tripolis, den er zu Hause wie im Büro aufbehielt, um seine Glatze zu schützen, und auf einmal, während er sich mit ganz anderen Dingen befaßte, fuhr ihm durch den Sinn – denn immer war *dies* der Gedanke, der ihn beschäftigte –, daß eine bestimmte Arbeit in San Giovanni noch nicht zu Ende geführt oder nicht so erledigt worden war, wie es sich gehörte, oder daß vielleicht ein Arbeiter mangels Anweisungen nichts zu tun haben könnte, und prompt sahen wir ihn von seinem Schreibtisch aufstehen, in sein Zimmer hinaufeilen und gleich darauf fertig gerüstet vom Helm bis zu den Gamaschen wieder herunterkommen, den Hund losbinden und durch die Küchentür davonstapfen, womöglich während der heißesten Stunde eines Sommernachmittags, den Blick starr nach vorn gerichtet, in praller Sonne.

Vom *beudo* kam man zunächst auf die Salita San Pietro, einen Treppenweg mit Stufen aus Backstein und Kiesbelag. Dort konnte man allerlei Leuten begegnen: den Bewohnern des Altenheims Giovanni Marsaglia mit ihren grauen Mützen und roten Monogrammen (unter ihnen, das wußte man, waren sogar verarmte russische Fürsten und englische Lords, die ihr Vermögen an der Riviera durchgebracht hatten), den Nonnen und ihren in Reihen marschierenden kleinen Mädchen aus den »Mailänder Ferienkolonien«, den Angehörigen der Kranken beim Aufstieg zum Neuen Spital. Die Bebauung dieser Gegend – wir gingen jetzt ein Stückweit auf einer Fahrstraße – wies verschiedene Schichten auf: zunächst wie überall eine Ansammlung von kleinen Gärten mit Hütten, um die Jahrhundertwende waren dann auch hier da und dort ein paar herrschaftliche Villen mit Palmengärten dazugekommen, solche wie die, in der wir wohnten (erste Erwerbung meiner Eltern nach ihrer Rückkehr aus Amerika), oder ein Stück weiter oben eine im indischen Stil, übersät mit Spitztürmchen und spindelförmigen Kuppeln, genannt »Palais d'Agra« (ein Name, der für mich mysteriös blieb, bis ich *Kim* von Kipling las), oder noch eine, die als städtisches Seuchenlazarett benutzt wurde und deren Jalousien immer geschlossen waren; später, als sich die besseren Wohngegenden der Stadt anderswohin verlagert hatten, entstand hier ein Reich bescheidener kleiner Villen, Einfamilienhäuser mit Gemüsegärten und Hühner- oder Kaninchenställen. So ging es weiter bis zur Baragallo-Brücke durch eine halb ländliche, halb schon von der Stadt eroberte Zone, in der sich neben Spuren ältesten Bauernlebens (eine alte Olivenpresse, die Wasser und Moos auf ihren rostigen Rädern drehte, ein Weinkeller mit Fässern und Pressen, veilchenblau) Garagen, Gärtnereien, Sägewerke und Ziegeldepots abwechselten, dazwischen ein rundum verglastes Elektrizitätswerk, das hell erleuchtet, leer und nur leise summend die Morgenstunden vor Sonnenaufgang beherrschte, und im Hintergrund die massigen Quader der Arbeiterwohnblocks, erstes und einziges Teilstück einer geplanten Siedlung, »vom Regime erbaut«, schwungvoll begonnen und nie zu Ende geführt, aber ausreichend, um daran zu erinnern, daß die Zivilisation der Massen Europa bereits überzogen hatte.

An der Baragallo-Brücke verließen wir die Fahrstraße, die sich weiter bis zur Kirche der Madonna della Costa hinaufzog (dort kamen wir nur vorbei, wenn wir zu unserem Onkel Quirino, genannt Titin, wollten, der in dem angestammten Haus der Calvinos wohnte, das mit seinem altrosa Verputz aus der grauen Wolke der Ölbäume auf dem Gipfel des Hügels ragte, wo die Ziegelbrennerei meiner Urgroßeltern gewesen war), und gingen am Ufer des Baches hinauf. Etwas war plötzlich anders geworden, und das erste Zeichen dafür war dies: bis zur Brücke waren die Leute, denen man unterwegs begegnete, eben die Leute, denen man unterwegs begegnete und die man nicht einmal ansah; nach der Brücke grüßten sich alle, die sich begegneten, auch wenn sie sich überhaupt nicht kannten, mit einem knapp hervorgestoßenen »*Bona!*« oder mit einer allgemeinen Anerkennung der Existenz des anderen wie »*Andamu andamu*« (Da gehn wir, da gehn wir) oder »*Semu careghi, ancœi*« (Sind wir mal wieder schwer beladen) oder mit einer Bemerkung über das Wetter wie »*Mi digu ch'a va a ciæve*« (Meinen Sie, 's wird regnen?), Formeln der Achtung und der Freundschaft voller Diskretion, tonlos gemurmelt, ohne stehenzubleiben, fast nur vor sich hingesagt, kaum aufblickend. Auch mein Vater veränderte sich nach der Brücke, legte die nervöse Ungeduld ab, die sich bis dahin in seiner Gangart ausgedrückt hatte, die Unduldsamkeit, mit der er den Hund gerufen oder zurückgezerrt hatte, wenn er ihn an der Leine führte; er ließ den Blick jetzt heiterer in die Runde schweifen, der Hund wurde meistens losgelassen und mit freundlicheren, ja fast liebevollen Worten und Pfiffen und Schnalzern ermahnt. Das Gefühl, mich an abgeschiedeneren und vertrauteren Orten zu befinden, erfaßte auch mich, aber zugleich verspürte ich auch das Unbehagen, mich nicht mehr als anonymer Passant gebärden zu können; von hier an war ich »*u fiu du prufessù*«, der Sohn des Professors, dem Urteil aller anderen ausgesetzt.

Hinter einem Lattenzaun stieß man auf quiekende Schweine (ein ungewohnter Anblick bei uns), sie wurden dort von einer Familie aus Piemont gehalten, die sich einen

Bauernhof wie in ihrer Heimat errichtet hatte. (Schon unterwegs waren wir dem Karren mit dem alten Spirito auf dem Kutschbock begegnet, der die Milcheimer zu den Kunden ausfuhr). Auf der anderen Seite ging der Weg am Rande der Schlucht mit dem Wildbach entlang, und über eine Art gemauerten Seitenkanal gebeugt standen dort reihenweise Frauen beim Wäschewaschen. Weiter vorn konnte man zwischen zwei Wegen wählen, je nachdem, ob man auf einer alten Eselsrückenbrücke den Wildbach erneut überquerte oder nicht. Ging man nicht über die Brücke, so mußte man bestimmte Beudo-Abschnitte und Abkürzungen zwischen bebauten Terrassen nehmen und erreichte dann den Saumpfad nach San Giovanni über einen Stufenweg, der erst vor kurzem angelegt (oder wieder instandgesetzt) worden war und so steil in der prallen Sonne hinaufging, daß es einem den Atem nahm. (Nach dem letzten Krieg hat jemand auf eine Mauer oben mit großen schwarzen Teerbuchstaben ein obszönes Wort geschrieben, zum Hohn auf die Geduld und den Schweiß derer, die dort beladen ankommen, vielleicht um einen rebellischen Geist in ihnen zu wecken, vielleicht nur auf der Suche nach einer Bestätigung für die eigene Hoffnungslosigkeit.) Danach ging der Saumpfad nach San Giovanni ein schönes Stück eben weiter; das Meer lag hinter uns, und auf der anderen Seite der Schlucht, dem sogenannten Tasciaire-Ufer, sah man die Spur eines mächtigen Erdrutsches, die sich blauschimmernd am nackten Fels und erdbraun den Hang hinabzog. Nach einer bestimmten Wegbiegung war dann bereits schräg oben am Ende des Tals das kleine Seitental von San Giovanni zu sehen, und zwar so deutlich, daß man die einzelnen Terrassen und Felder unterscheiden konnte – wo nicht die Ölbäume den Blick verstellten – und die Leute, die dort arbeiteten, und den Rauch, der von den roten Dächern der Bauernhäuser aufstieg.

Dies war der Weg, den wir bei der Rückkehr vorzogen. Beim Aufstieg nahmen wir lieber den anderen: Nach der Brücke ging es den Saumpfad von Tasciaire hinauf, der ebenfalls steil und sonnig war, aber gewunden und abwechslungsreicher und mit Ziegelbruch gepflastert, so daß er vergleichsweise bequem und gemütlich erschien. Man verließ ihn an einem bestimmten Punkt, um einem langen Beudo zu folgen, der sich auf halber Höhe durchs Tal zog, unterhalb jenes enormen Erdrutsches, den man vom anderen Ufer aus sah. Der Beudo verlief ein wenig erhöht durch bebautes Land, und um keinen falschen Schritt zu tun, mußte man gut aufpassen, wohin man trat, und sich manchmal auch mit einer Hand auf das schiefe Mäuerchen stützen. Der Hund fand gewöhnlich einen sicheren Weg im Kanal, indem er mitten durchs Wasser trabte. Feigenbäume wuchsen da und dort auf den Terrassen, und ein grüner Schatten beschirmte den Beudo; ein paar einsame Gehöfte standen so dicht daneben, daß man beim Vorbeigehen fast in sie eintrat, um teilzunehmen am Leben jener Familien, die alle seit Tagesanbruch bei der Arbeit waren, Frauen und Männer und Kinder, die mit dumpfen Schlägen ihrer *magaiu* genannten dreizinkigen Hacke ihre Terrassen umgruben oder »das Wasser zu sich laufen« ließen, indem sie, immer mit dem *magaiu*, die niedrigen Dämme des Beudo einrissen und neue errichteten, um das Rinnsal auf ihre Felder zu leiten.

Weiter vorn verlor sich der Beudo dann in einem Dickicht aus raschelndem Schilf, und wir waren am Wildbach angelangt. Man mußte ihn durchwaten, mit Zickzacksprüngen zwischen den weißen Steinen, nach einem Plan, der uns wohlvertraut war, aber ständigen Änderungen unterlag, wenn Regengüsse den Bach hatten anschwellen lassen, so daß der eine oder andere Stützpunkt verschwunden war. Beim Aufstieg auf der anderen Seite des Wildbachs ging es dann auf Privatwegen zwischen Terrassen hindurch bis zu einer Abkürzung, die gleichfalls ein halber Wildbach war, auf der man den Saumpfad nach San Giovanni wieder erreichte, aber an einer viel weiter oben gelegenen Stelle als auf dem anderen Weg.

Je näher wir San Giovanni kamen, desto mehr wurde mein Vater von einer neuen Nervosität erfüllt, die nicht nur ein letzter Ausbruch seiner Ungeduld war, endlich an den einzigen Ort zu gelangen, den er als den seinen empfand, sondern auch so etwas wie ein schlechtes Gewissen, weil er diesem Ort so viele Stunden lang ferngeblieben war, die Überzeugung, daß in diesen Stunden etwas versäumt oder verpatzt worden war, der Drang, alles auszulöschen, was in seinem Leben nicht San Giovanni war, und zugleich das Gefühl, daß dieses San Giovanni, da es nun einmal nicht die ganze Welt war, sondern nur ein vom Rest der Welt belagerter Winkel, ihn stets zur Verzweiflung treiben würde.

Es genügte jedoch, daß von der Höhe einer Terrasse herab jemand, der gerade beim Beschneiden oder beim Spritzen der Weinstöcke war, ihn anrief: »*Prufessù, pe' piaxè, a vureiva faghe ina dumanda*« (Professor, gestatten Sie, ich würde Ihnen gern eine Frage stellen) und ihn um einen Rat betreffend die richtige Düngermischung oder die beste Zeit zum Pfropfen oder die Insektizide oder das neue Saatgut der Agrargenossenschaft bat, und mein Vater blieb stehen, um heiter, gelassen, lautstark und ein bißchen wortreich das Wie und Warum darzulegen. Im Grunde erwartete er nichts anderes als ein Zeichen dafür, daß in dieser seiner Welt ein ziviles Zusammenleben noch möglich war, getrieben von der Leidenschaft des Verbesserns und gelenkt von einer natürlichen Vernunft; doch gleich darauf überfielen und bedrängten ihn dann erneut die Beweise dafür, daß alles bedroht und instabil war, und die Unruhe packte ihn wieder. Und einer dieser Beweise war ich, meine Zugehörigkeit zum anderen Teil der Welt, dem städtischen und feindlichen, war sein Kummer darüber, daß er diese seine ideale Zivilisation von San Giovanni nicht mit seinen Söhnen gründen konnte und daß sie infolgedessen keine Zukunft hatte. Daher wurde das letzte Stück des Weges immer mit einer ungerechtfertigten Eile zurückgelegt, als wäre es der Saum einer Decke, die wir hinter uns zuzogen, um uns in San Giovanni einzumummeln. So passierten wir eine altersschwache Ölpresse, in der zwei noch altersschwächere Greisinnen wohnten, eine Betonbrücke, die uns von neuem über den Wildbach führte (hier begann der Weg langsam anzusteigen), das Haus unseres Vetters Regin, eines Zollbeamten, dessen Hund von der Höhe einer Mauer herab mit unserem Hund einen nicht enden wollenden Kläffstreit begann (hier wurde der Anstieg steil), das Landstück eines anderen Verwandten namens Bartumelìn, der seine Jugend in Peru verbracht hatte (seine Frau, die wir beim Wäschespülen am Waschtrog sahen, war eine peruanische Indianerin, eine dicke Frau, die den einheimischen in allem glich, im Gesicht ebenso wie im Dialekt), dann schließlich (und hier kam das letzte Stück des Aufstiegs, das steilste) das Grundstück zweier spindeldürrer Maultiertreiber, die ihr Maultier irgendwann durch einen stämmigen Zugochsen ersetzt hatten ...

Der Atem meines Vaters ging schwer, aber nicht vor Erschöpfung, sondern vom Schimpfen und Tadeln: Wir waren in San Giovanni angelangt, wir betraten jetzt eigenen Boden.

Eigentlich müßte ich nun auch noch jeden Schritt und jede Geste und jeden Stimmungsumschwung innerhalb des Gutes erzählen, aber von hier an wird alles in meiner Erinnerung irgendwie unschärfer, als wäre ich jedesmal, wenn der Anstieg mit seinem Rosenkranz von Bildern vorbei war, in eine Art Erstarrung verfallen, die solange anhielt, bis es Zeit wurde, die Körbe zu beladen und sich wieder auf den Rückweg zu machen. Ich sagte schon, daß unsere tägliche Pflicht vor allem darin bestand, unserem Vater beim Tragen der Körbe zu helfen. Das heißt, wir hätten ihm natürlich auch bei allem anderen helfen sollen, um zu lernen, wie man ein Stück Land bestellt, um ihm ähnlich zu werden, wie es sich ja für Söhne gehört, daß sie ihrem Vater ähnlich werden, aber bald war uns klargeworden, uns beiderseits, daß wir nichts lernen würden, und der Gedanke, uns zu Landwirten zu erziehen, war stillschweigend begraben oder auf später verschoben worden, wenn wir mehr Einsicht und Vernunft haben würden, so daß wir gewissermaßen einen Nachschlag an Kindheit zugebilligt bekamen. Infolgedessen war das Tragen der Körbe die einzige unabweisbare Aufgabe, die einzige als unbestreitbar notwendig anerkannte Pflicht. Es war durchaus keine gänzlich unangenehme Aufgabe, würde ich sagen: mit gut ausbalancierter Last, eine geflochtene Kiepe auf dem Rücken, einen Korb über einen Arm gehängt – der andere Arm blieb besser frei, damit man ab und zu das Gewicht verlagern konnte –, machte ich mich gesenkten Hauptes mit einer Art wilder Entschlossenheit auf den Weg, ein bißchen wie mein Vater; und während ich unterwegs war, befreit von aller Pflicht zur Beachtung der Welt ringsum und zur wohlüberlegten Wahl meiner Schritte, da ich meine ganze Kraft darein setzen mußte, die Last sicher ans Ziel zu bringen, und nur einem Weg zu folgen brauchte, der unabänderlich wie ein Gleis vor mir lag, konnte ich meine Gedanken frei und behütet schweifen lassen. Wir stürzten uns mit einem übertriebenen Eifer in diese Plackerei – ich, mein Bruder und selbst unser Vater; denn auch bei ihm schien es fast, als wäre es nicht mehr so sehr das Erfinden neuer Anbaumethoden, das Experiment und das Risiko, was ihn nach San Giovanni zog, sondern das Fortschleppen und Anhäufen von Lebensmitteln, als wäre diese Ameisenarbeit eine Frage von Leben und Tod (was sie ja dann auch tatsächlich fast wurde: die endlosen Kriegsjahre hatten begonnen, und in der allgemeinen Not war unsere Familie dank des Gutes von San Giovanni in eine Phase unabhängiger oder, wie man damals sagte, »autarker« Agrarwirtschaft eingetreten), und wenn wir nicht gekommen waren, um ihm tragen zu helfen, ging er mit übertrieben schwerer Last zu Tal – »wie ein Muli« lautete die rituelle Metapher –, ostentativ schwer beladen, vielleicht auch, um uns die Schwere unserer Desertion spüren zu lassen; aber selbst wenn einer von uns oder beide mit ihm gingen, schritten wir alle gleich schwer beladen zu Tal, schwankend, stumm, den Blick zu Boden gerichtet, jeder in seine Gedanken vertieft, undurchdringlich.

Unsere Düsterkeit kontrastierte mit dem Reichtum des Inhalts der Körbe. Dieser war verborgen (nach der bäuerlichen Gewohnheit, eifersüchtig den Blicken anderer zu mißtrauen) unter einer Schicht breiter Wein- oder Feigenblätter, aber diese lockere Bedeckung löste sich unterwegs durch den wiegenden Gang, und in den Körben wurden die grünen, trompetenförmigen Zucchini sichtbar, die Birnen der Sorte »Nonnenschenkel«, die Saint-Jeannet-Trauben, die Frühfeigen, die stachlige Schale der *chayote*, die grünvioletten Dornen der Artischocken, die Maiskolben des *mais dulce* oder *sweet corn*, die man kocht und dann abknabbert, die Kartoffeln, die Tomaten, die großen Milch- und Weinflaschen und manchmal auch ein steifer und schon gehäuteter Hase, das Ganze so angeordnet, daß die harten Sachen nicht die weichen erdrückten und daß noch Platz blieb für das Büschel Oregano oder Majoran oder Basilikum. (Meinen zerstreuten Augen erschienen diese Körbe damals bedeutungslos, wie die materiellen Grundlagen des Lebens dem Jugendlichen ja immer banal erscheinen, doch jetzt, wo ich statt ihrer nur ein glattes Blatt weißes Papier vor mir habe, suche ich sie mit Wörtern und Namen zu füllen, sie mit Vokabeln vollzupacken, und ich wende mehr Zeit auf das Erinnern und Ordnen dieser Nomenklatur als damals auf das Sammeln und Ordnen der Dinge, mehr Leidenschaft ... nein, stimmt nicht: als ich die Körbe zu beschreiben anfing, glaubte ich, damit den Höhepunkt meiner schmerzlichen Erinnerung zu erreichen, aber nichts da, herausgekommen ist, wie vorauszusehen war, nur eine trockene Liste; vergeblich suche ich sie durch diese kommentierenden Sätze in eine Aura der Rührung zu tauchen, alles bleibt wie zuvor, diese Körbe waren schon damals tot, und ich wußte es, sie waren der Anschein einer Konkretheit, die schon nicht mehr existierte, und ich war damals schon, was ich heute bin, ein Bürger der Städte und der Geschichte – noch ohne Stadt und ohne Geschichte und daran leidend –, ein Konsument – und Opfer – der Industrieprodukte – ein angehender

Konsument, ein gerade erst designiertes Opfer –, und schon war das Schicksal, waren alle Schicksale entschieden, unsere und die des Ganzen, aber was *war* diese morgendliche Plackerei damals, die Plackerei, die noch weitergeht auf diesen nicht ganz ehrlichen Seiten? Hätte vielleicht alles anders sein können, nicht sehr viel anders, aber doch gerade jenes bißchen, auf das es ankommt, wenn mir diese Körbe damals nicht gar so fremd gewesen wären, wenn die Kluft zwischen meinem Vater und mir nicht gar so tief gewesen wäre? Hätte all das, was heute geschieht, vielleicht eine andere Wendung genommen – in der Welt, in der Geschichte der Zivilisation –, wären die Verluste weniger absolut, die Gewinne weniger ungewiß gewesen?)

Der Tisch, auf dem die Früchte und das Gemüse ausgelegt und die Körbe zum Hinuntertragen gefüllt wurden, stand unter dem Feigenbaum neben dem alten Haus von Cadorso (wo die Landarbeiterfamilie wohnte), über dessen Tür noch die verblaßte Spur des Freimaurerzeichens zu sehen war, das die alten Calvinos an ihren Häusern anbrachten. Die Rebstöcke okkupierten den untersten Teil des Gutes, mit den Obstbäumen zwischen den Zeilen; weiter oben lag die Grapefruitplantage, und noch weiter oben kamen die Ölbäume. Dort, im Schatten der großen grünen Pflanzen der *avocado-pears* oder *aguacate*, dem Augapfel meines Vaters, stand das von ihm erbaute Haus, die sogenannte Villa, in der wir später während der schlimmsten Jahre des Krieges lebten; mit dem modellhaften ebenerdigen Weinkeller und dem Stall für die weißen Schweizer Ziegen. Unser Anwesen endete auf dem Platz vor der Kirche von San Giovanni (wo an jedem 24. Juni der Schlaraffenbaum errichtet wurde und die Stadtmusikanten aufspielten) und ging dann nach einem Stück Saumpfad weiter, um noch ein ganzes Tälchen zu umfassen, in dessen unterstem Teil eine Palmenplantage war, deren Blätter für Totenkränze gebraucht wurden; weiter oben war alles voller Obst und Gemüse, und dort gab es ein großes Bauernhaus, das wir »Cason Bianco« (Weißes Haus) nannten (und in dem wir eine Zeitlang die Schafe hielten), sowie eine Quelle, versteckt zwischen venushaargrünen Felsen, und eine Tuffsteinhöhle und eine Felsengrotte und einen Fischteich und andere Wunder, die für mich keine Wunder mehr waren und es nun wieder geworden sind, jetzt, da sich anstelle all dessen dort eine trostlose, geometrisch-brutale Nelkenplantage erstreckt, mit schnurgeraden Mauern, die Terrassen alle im selben Neigungswinkel, das graue Meer der Stiele im Gitternetz der Stäbchen und Drähte, die trüben Scheiben der Treibhäuser, die zylindrischen Zementbassins, und alles, was früher einmal da war, ist verschwunden, alles, was dem Anschein nach existiert hatte und schon damals nur Illusion oder ausnahmsweiser Aufschub war.

Das Tal von San Giovanni, das während eines Teils des Tages im Schatten liegt, galt in jener Zeit als ungeeignet für den industriellen Anbau von Blumen und hatte daher noch die traditionellen ländlichen Züge. Dasselbe galt für alle Landstriche, die mein Vater jeden Morgen durchquerte, als hätte er seinen Weg absichtlich so gewählt, daß er nicht durch die monotonen grauen Nelkenfelder führte, die sich mittlerweile von Poggio bis Coldiroli um die Stadt zogen, als hätte er, der doch seine berufliche Aktivität auf die Blumenzucht verwandte, darüber insgeheim Gewissensbisse, als ahnte er, daß dies, was er herbeigesehnt und gefördert hatte, zwar ein ökonomisch-technischer Fortschritt für unsere zurückgebliebene Landwirtschaft war, aber auch Zerstörung einer harmonischen Vollständigkeit, Nivellierung, Unterwerfung unter das Geld bedeutete. Deshalb reservierte er einen so großen Teil seiner Zeit für San Giovanni, bemühte sich um den Aufbau eines modernen Gutes, das nicht an der Monokultur erstickte, investierte in Experimente von ungewisser Rentabilität, indem er ständig neue Kulturen anlegte, exotische Sorten importierte, die Bewässerungsanlagen verbesserte – alles, um eine andere Lösung zu finden, die es möglich machte, sowohl den Charakter der Landschaft als auch die innovatorische Phantasie zu retten. Er wollte eine Beziehung zur Natur herstellen, die von Kampf und Herrschaft geprägt war: sich mit ihr abmühen, sie verändern, sie zwingen, aber sie dabei als intakt und lebendig empfinden.

Und ich? Ich glaubte anderes im Kopf zu haben. Was war die Natur? Kräuter, Pflanzen, grüne Stätten, Tiere. Ich lebte mitten darin und wollte anderswo sein. Der Natur gegenüber war ich gleichgültig, reserviert, manchmal feindselig. Und ich wußte nicht, daß auch ich eine Beziehung suchte, vielleicht eine glücklichere als die meines Vaters, eine Beziehung, die mir dann später die Literatur schenken sollte, indem sie allem wieder Bedeutung gab, so daß alle Dinge auf einmal wahr und greifbar und besitzbar und vollkommen wurden, alle Dinge dieser schon damals verlorenen Welt.

Wo ruft mein Vater, daß ich den Schlauch hinbringen und gießen soll, weil da alles ganz trocken ist? Von einer Terrasse tönt das dumpfe Geräusch der Hacke des alten Sciaguato, der wieder und wieder in den Boden hackt. Etwas bewegt sich dort in den Bäumen: die Tochter von Mumina ist hinaufgeklettert, um einen Korb mit Kirschen zu füllen. Ich laufe hin, den zusammengerollten Schlauch auf der Schulter, aber ich sehe meinen Vater nicht zwischen den Rebzeilen und irre mich in der Terrasse. Ich muß den Haken holen, mit dem man die Zweige des Kirschbaums herunterbiegt, das Sprühgerät zum Spritzen der Weinstöcke, das Klebeband für die Pfropfungen, aber ich kenne mein Land nicht, ich verirre mich. (Jetzt ja, jetzt, von der Höhe meiner Jahre herab, sehe ich jede Terrasse und jeden Pfad vor mir, jetzt könnte ich mir den Weg zeigen, mir, der ich da zwischen den Rebzeilen laufe, aber es ist spät, alle sind schon gegangen.)

Ich wollte, die Körbe stünden bereit, damit ich sie rasch nach Hause tragen und ans Meer gehen kann. Das Meer ist dort unten zu sehen, in einer dreieckigen, V-förmigen Öffnung des Tales; aber es ist, als wäre es viele Meilen weit weg, das Meer, das meinem Vater und all den Leuten auf unseren morgendlichen Wegen so fremd ist.

Jetzt sind wir auf dem Rückweg. Ich gehe gebückt unter der Last meiner Kiepe. Die Sonne steht hoch; vom nächsten Fahrweg, drüben am Hügel San Giacomo, dröhnt ein Lastwagen herüber; hier im Tal dämpfen das Grau der Ölbäume und das Rauschen des Wildbachs alle Farben und Töne. Am gegenüberliegenden Hang steigt Rauch auf: jemand brennt Gras und Gestrüpp ab. Mein Vater sagt irgendwas über die Ölbaumblüte. Ich höre nicht hin. Ich schaue zum Meer hinunter und denke, daß ich in einer Stunde am Strand sein werde. Am Strand werfen die Mädchen Bälle hoch mit ihren blanken Armen, tauchen ins glitzernde Wasser, schreien, spritzen, flitzen umher, in Paddelbooten und Tretbooten.

(1962)

Autobiographie eines Zuschauers

Es gab Jahre, in denen ich fast täglich und am liebsten zweimal täglich ins Kino ging, und das waren die Jahre von etwa 1936 bis zum Krieg, also die Jahre meiner Adoleszenz. Damals war das Kino für mich die Welt. Eine andere Welt als die, die mich umgab, aber für mich hatte nur, was ich auf der Leinwand sah, die Eigenschaften einer Welt, die Fülle, die Notwendigkeit und die Kohärenz, während sich außerhalb der Leinwand heterogene Elemente häuften, die vom Zufall zusammengewürfelt schienen, das Material meines Lebens, das mir gänzlich formlos vorkam.

Kino als Flucht aus dem Alltag, heißt es mit einer oft wiederholten Formel, die sich als negatives Urteil versteht, und gewiß diente mir das Kino damals zu diesem Zweck, zur Befriedigung eines Bedürfnisses nach Ausbruch und Ortsveränderung, nach Projektion meiner Aufmerksamkeit in einen anderen Raum, ein Bedürfnis, das, glaube ich, einer primären Funktion der Einfügung in die Welt entspricht und somit einer unverzichtbaren Phase jeder Erziehung. Gewiß gibt es bessere Weisen, sich einen anderen Raum zu erschaffen, substanzreichere und persönlichere; das Kino war die einfachste und nächstliegende, aber auch diejenige, die mich auf Anhieb am weitesten fort führte. Jeden Tag, wenn ich durch die Hauptstraße meiner kleinen Stadt ging, hatte ich nur für die Kinos Augen, es gab drei Erstaufführungskinos, die jeden Montag und

Donnerstag das Programm wechselten, dazu ein paar kleinere Etablissements, die ältere oder billigere Filme zeigten und dreimal wöchentlich wechselten. Ich wußte immer schon vorher, welchen Film es in jedem Kino gab, aber mein Blick ging suchend zu den Plakaten an der Seite, die den Film des nächsten Programms ankündigten, denn dort war die Überraschung, die Verheißung, die Erwartung, die mich während der folgenden Tage begleiten sollte.

Ich ging nachmittags ins Kino, indem ich mich von zu Hause fortstahl oder behauptete, ich ginge zum Lernen zu einem Klassenkameraden, denn während der Schulmonate ließen mir meine Eltern nicht viel Freiheit. Das Zeichen der wahren Leidenschaft war der Drang, mich in ein Kino zu stürzen, kaum daß es aufgemacht hatte, um zwei Uhr nachmittags. Die erste Nachmittagsvorstellung bot mehrere Vorteile: Der Saal war halb leer, als wäre er nur für mich da, so daß ich mich mitten in die »Dritte Kategorie« setzen und die Beine auf die Rückenlehne des Vordersitzes legen konnte; ich durfte hoffen, rechtzeitig wieder zu Hause zu sein, ohne daß mein Verschwinden bemerkt werden würde, um dann die Erlaubnis zu erhalten, noch einmal auszugehen (und womöglich noch einen Film zu sehen); für den Rest des Nachmittags blieb mir eine leichte Betäubung, die zwar dem Lernen abträglich war, aber den Phantastereien zugute kam. Und über all diese Gründe hinaus, die jeder auf seine Weise uneingestehbar waren, gab es noch einen ernsthafteren: Ins Kino zu gehen, wenn gerade die Kasse aufgemacht hatte, garantierte mir das seltene Glück, einen Film von Anfang an zu sehen und nicht ab irgendwo mittendrin oder erst gegen Ende, wie es gewöhnlich passierte, wenn ich später am Nachmittag oder gegen Abend hinkam.

Ins Kino zu gehen, wenn der Film schon begonnen hatte, entsprach im übrigen einem barbarischen Brauch des italienischen Publikums, der sich bis heute gehalten hat. Wir können sagen, daß wir damals schon die subtilsten Erzähltechniken des heutigen Kinos vorwegnahmen, indem wir den zeitlichen Ablauf der Handlung aufbrachen und sie in ein Puzzle zerlegten, das Stück für Stück wieder zusammengesetzt oder in zerstückelter Form akzeptiert werden mußte. Um uns weiter zu trösten, kann ich auch sagen: den Anfang eines Films zu sehen, nachdem man zuvor sein Ende kennengelernt hatte, verschaffte einem zusätzliche Befriedigungen, nämlich zu entdecken, nicht wie die Rätsel und Dramen sich auflösten, sondern wie sie entstanden; dazu ein dunkles Gefühl, die Zukunft der Personen zu kennen. Genauso dunkel, wie es bei den Wahrsagern sein muß, denn die Rekonstruktion der verstümmelten Handlung war nicht immer leicht, schon gar nicht, wenn es sich um einen Kriminalfilm handelte, bei dem die Identifikation zuerst des Mörders und dann des Verbrechens in der Mitte eine noch finsterere Zone des Geheimnisses ließ. Hinzu kam, daß mir bisweilen zwischen Anfang und Ende des Films ein Stück verlorenging, wenn mich ein Blick auf die Uhr plötzlich lehrte, daß es schon spät war und ich, um nicht den Zorn meiner Eltern zu erregen, rasch nach Hause mußte, bevor die Szene wiederkam, bei der ich eingetreten war. So sind mir viele Filme mit einem Loch in der Mitte im Gedächtnis geblieben, und noch heute, mehr als dreißig, ja beinahe vierzig Jahre danach, wenn ich einen der Filme von damals wiedersehe – zum Beispiel im Fernsehen –, erkenne ich den Moment, in dem ich hereingekommen war, erkenne die Szenen wieder, die ich damals gesehen hatte, ohne sie zu verstehen, erobere mir die verlorenen Teile zurück und setze erneut das Puzzle zusammen, als hätte ich es am Tag zuvor unfertig liegengelassen.

(Ich spreche hier von den Filmen, die ich etwa zwischen dem dreizehnten und dem achtzehnten Lebensjahr gesehen habe, als mich das Kino ganz in Beschlag nahm, mit einer Macht, die weder vorher noch nachher ihresgleichen hatte: An die Filme, die man als Kind gesehen hat, erinnert man sich nur vage, und die man als Erwachsener gesehen hat, vermengen sich mit vielen anderen Eindrücken und Erfahrungen. Meine Erinnerungen sind die eines Kinogängers, der das Kino damals gerade entdeckte: Ich war streng erzogen worden, und meine Mutter versuchte, solange sie konnte, mich vor einem ziellosen, nicht auf einen Zweck ausgerichteten Umgang mit der Welt zu bewahren; als ich klein war, ging sie nur selten mit mir ins Kino und nur zu Filmen, die sie für »geeignet« oder »lehrreich« hielt. Ich habe nur wenige Erinnerungen an die Zeit des Stummfilms und der ersten Tonfilme: ein paar Chaplins, ein Film über die Arche Noah, *Ben Hur* mit Ramon Novarro, Frank Capras *Dirigible*, worin ein Zeppelin am Nordpol zerschellte, ein Dokumentarfilm namens *Afrika spricht*, ein Science-fiction-Film über das Jahr 2000, die afrikanischen Abenteuer in *Trader Horn*. Wenn Douglas Fairbanks und Buster Keaton die Ehrenplätze in meiner Mythologie einnehmen, so deshalb, weil ich sie später rückblickend in eine imaginäre Kindheit eingeführt habe, in der sie nicht fehlen durften; als Kind hatte ich sie nur auf den bunten Plakaten gesehen. In der Regel wurden mir Liebesfilme vorenthalten, die ich freilich ohnehin nicht verstand, weil ich, unvertraut mit der Physiognomik des Kinos, die Schauspieler im Film miteinander verwechselte, besonders wenn sie Bärtchen trugen, und die Schauspielerinnen, besonders wenn sie Blondinen waren. In den Fliegerfilmen, die zur Zeit meiner Kindheit sehr beliebt waren, glichen die männlichen Helden einander wie Zwillinge, und da die Handlung regelmäßig auf der Eifersucht zwischen zwei Piloten beruhte, die für mich ein und derselbe Mann waren, geriet ich in große Verwirrung. Mit einem Wort, meine Lehrzeit als Kinogänger war lang und schwierig gewesen; deswegen brach dann jene Leidenschaft aus, von der ich hier spreche.)

Wenn ich dagegen um vier oder fünf Uhr ins Kino gegangen war, packte mich beim Herauskommen das Gefühl des Vergehens der Zeit, der Gegensatz zwischen den zwei verschiedenen zeitlichen Dimensionen innerhalb und außerhalb des Films. Ich war am hellen Tage hineingegangen und fand nun draußen die Dunkelheit vor, die beleuchteten Straßen, die das Schwarzweiß auf der Leinwand fortsetzten. Durch die Dunkelheit wurde der Bruch zwischen den beiden Welten ein wenig gemildert und ein wenig verschärft, denn sie markierte das Vergangensein jener zwei Stunden, die ich nicht durchlebt hatte, verschluckt in einem Aussetzen der Zeit, sei's für die Dauer eines fiktiven Lebens oder im Sprung zurück durch die Jahrhunderte. Besonders erregend war es, wenn ich in diesem Moment bemerkte, daß die Tage kürzer oder länger geworden waren: Das Gefühl für den Lauf der Jahreszeiten (die dort, wo ich lebte, immer mild blieben) ergriff mich nur beim Herauskommen aus dem Kino. Wenn es in einem Film regnete, spitzte ich die Ohren, um zu hören, ob es auch draußen zu regnen begonnen hatte, ob mich womöglich ein Platzregen überraschte, da ich ohne Schirm ausgegangen war; dies war der einzige Augenblick, in dem ich mich, obgleich weiter in jene andere Welt versunken, der Welt des Draußen entsann, und was ich dabei empfand, war ein Gefühl der Angst. Noch heute löst Regen in Filmen dieses reflexartige Angstgefühl in mir aus.

Wenn es noch nicht Zeit zum Abendessen war, gesellte ich mich zu den Freunden, die im Pulk die Hauptstraße rauf- und runterzogen. So kam ich dann wieder an dem Kino vorbei, das ich gerade verlassen hatte, und hörte aus dem Vorführraum Dialogfetzen, die ich jetzt nicht mehr mit einem Gefühl der spontanen Identifikation aufnahm, sondern mit einem der Unwirklichkeit, denn ich war ja nun wieder in die Welt des Draußen übergewechselt; aber zugleich auch mit einem Gefühl beinahe von Wehmut, wie wenn man sich beim Überqueren einer Grenze noch einmal umsieht.

Ich denke vor allem an ein bestimmtes Kino, das älteste in meiner Stadt, das sich mit meinen frühesten Erinnerungen aus der Zeit des Stummfilms verbindet und sich aus jener Zeit (bis vor wenigen Jahren) ein mit Medaillen geschmücktes Jugendstilschild bewahrt hatte, desgleichen die Form des Saales, einen langen abschüssigen Raum mit einem Säulengang an der Seite. Der Vorführraum hatte ein kleines Fenster zur Straße, durch das die absurden Stimmen des Films nach außen drangen, metallisch verzerrt durch die technischen Mittel der Zeit und noch absurder gemacht durch die Ausdrucksweise der italienischen Synchronisierung, die keinen Bezug zu irgendeiner gesprochenen Sprache der Vergangenheit oder der Zukunft hatte. Dennoch mußte die Falschheit jener Stimmen eine kommunikative Kraft an sich gehabt haben, ähnlich dem Gesang der Sirenen, und jedesmal, wenn ich unter dem kleinen Fenster vorbeikam, vernahm ich den Ruf jener anderen Welt, die für mich die Welt schlechthin war.

Die seitlichen Saaltüren führten zu einem Gäßchen; in den Pausen zog der livrierte Platzanweiser die roten Samtvorhänge auf, und die Farbe der Luft von draußen erschien diskret auf der Schwelle, die Passanten und die drinnen Sitzenden sahen einander mit einem leichten Unbehagen an, als handle es sich um ein ungebührliches Eindringen, das für die einen oder die anderen irgendwie peinlich war. Besonders die Pause zwischen dem ersten und zweiten Teil (noch so ein seltsamer, nur in Italien gepflogener Brauch, der sich unerklärlicherweise bis heute gehalten hat) erinnerte mich daran, daß ich mich nach wie vor in jener Stadt befand, an jenem Tage, zu jener Stunde; und je nach der augenblicklichen Stimmung wuchs dann in mir die Genugtuung, zu wissen, daß ich mich gleich wieder in die Meere Chinas oder das Erdbeben von San Francisco würde versetzen können, oder drückte mich die Ermahnung nieder, nicht zu vergessen, daß ich mich immer noch hier befand und mich nicht in die Ferne zu verlieren hatte.

Weniger rüde waren die Pausen in dem damals größten Kino der Stadt, in dem der Luftaustausch durch das Aufgehen einer metallenen Kuppel in der Mitte einer mit Zentauren und Nymphen geschmückten Decke erfolgte. Der Anblick des freien Himmels mitten im Film bewirkte ein nachdenkliches Innehalten, zumal wenn langsam eine Wolke vorüberzog, die ja auch von anderen Kontinenten, aus anderen Jahrhunderten kommen konnte. An Sommerabenden blieb die Kuppel auch während der Vorführung offen: Die Anwesenheit des Firmaments umfaßte alle Fernen in einem einzigen Universum.

In den Sommerferien hatte ich für meine Kinobesuche mehr Ruhe und Freiheit. Der größte Teil meiner Schulkameraden verließ im Sommer unsere kleine Stadt am

Meer, um in die Berge oder aufs Land zu fahren, und ich blieb viele Wochen allein. Es war eine Saison der Jagd auf alte Filme, die jeden Sommer für mich begann, denn es wurden dann ältere Filme wieder gezeigt, Filme aus den Jahren, bevor dieser allesverschlingende Heißhunger mich erfaßt hatte, und so konnte ich in den Sommermonaten ganze Jahre aufholen und mir eine Kino-Erfahrung zulegen, die ich nicht besaß. Es waren Filme im normalen kommerziellen Verleihbetrieb, nur von diesen spreche ich hier (die Erkundung des retrospektiven Universums der Filmklubs, der in den Kinematheken gewürdigten und eingeschlossenen Geschichte kennzeichnet einen anderen Abschnitt meines Lebens, eine Beziehung zu anderen Städten und Welten, in die das Kino mit einging, um Teil einer weitergespannten Erfahrung, einer Geschichte zu werden); aber noch heute weiß ich, welche Erregung mich packte, wenn ich einen Greta-Garbo-Film nachholen konnte, der vielleicht nur drei bis vier Jahre alt war, aber für mich zur Vorgeschichte gehörte, mit einem sehr jungen Clark Gable ohne Schnurrbart. *Kurtisane* hieß er[1] – oder war das der andere? Denn es gab zwei Filme mit Greta Garbo, die ich in jener selben sommerlichen Wiederaufführungsreihe meiner Sammlung einverleibte, deren Perle jedoch *Die Ohrfeige* mit Jean Harlow blieb.[2]

Ich habe es noch nicht gesagt, aber es schien mir selbstverständlich: Das Kino war für mich das amerikanische,

1 Hier irrt Calvino: unter dem Titel *Cortigiana* lief in Italien der Film *Mata Hari*, in dem Greta Garbo mit Ramon Novarro spielt; mit Clark Gable spielte sie nur in dem gleichfalls 1931 entstandenen Film *Susan Lenox: Her Fall and Rise* (A. d. Ü.).

2 Unter dem Titel *Lo schiaffo* lief in Italien der Film *Red Dust* (1932, Regie: Victor Fleming), der in Deutschland sowohl »Dschungel im Sturm« als auch »Die gelbe Hölle« hieß (A.d.Ü.).

die laufende Hollywoodproduktion. »Meine« Epoche ging ungefähr von *Lives of a Bengal Lancer* mit Gary Cooper und *Meuterei auf der Bounty* mit Charles Laughton und Clark Gable bis zum Tod von Jean Harlow (den ich viele Jahre später als Tod von Marylin Monroe wiedererlebte, in einer Zeit, die sich der neurotischen Aufladung aller Symbole bewußter war), und dazu gehörten viele Komödien, die *Thin-Man*-Krimis mit Myrna Loy und William Powell und dem Hündchen Asta, die Musicals mit Fred Astaire und Ginger Rogers, die Charlie-Chan-Krimis und die Horrorfilme mit Boris Karloff. Die Namen der Regisseure sind mir nicht mehr so gegenwärtig wie die der Schauspieler, mit Ausnahme einiger weniger wie Frank Capra, Gregory La Cava oder Frank Borzage, der statt der Millionäre die kleinen Leute zeigte, gewöhnlich mit Spencer Tracy – es waren die hochgemuten Regisseure der Roosevelt-Ära, aber das lernte ich erst später, damals verdaute ich alles, ohne groß zu differenzieren. Das amerikanische Kino bestand zu jener Zeit aus einer Reihe unvergleichlicher Schauspielergesichter, die weder vorher noch nachher ihresgleichen hatten (so jedenfalls schien es mir), und die Storys waren simple Mechanismen mit dem Zweck, diese Gesichter (Liebende, Charakterköpfe, Genrefiguren) in immer neuen Konstellationen zusammenzubringen. Was sich um diese konventionellen Geschichten an Geist einer Zeit und einer Gesellschaft rankte, war wenig, aber gerade deshalb erreichte es mich, ohne daß ich hätte sagen können, worin es bestand. Es war (wie ich später lernte) die Mystifikation dessen, was jene Gesellschaft in sich trug, aber es war eine besondere Mystifikation, eine andere Art von Täuschung als die bei uns herrschende, die uns während des restlichen Tages überschwemmte. Und wie es für einen Psychoanalytiker gleichermaßen interessant ist, ob sein Patient lügt oder die Wahrheit sagt, da er in beiden Fällen etwas von sich enthüllt, so konnte ich als Zuschauer, der einem anderen Mystifikationssystem angehörte, sowohl aus dem bißchen an Wahrheit wie aus dem vielen an Lüge, was die Hollywoodprodukte mir boten, etwas lernen. Deswegen hege ich keinerlei Groll gegen jenes verlogene Bild des Lebens; heute kommt es mir so vor, als hätte ich es nie für wahr gehalten, sondern stets nur für eines der möglichen künstlichen Bilder, auch wenn ich das damals nicht so hätte ausdrücken können.

Es liefen natürlich auch die französischen Filme, die sich als etwas völlig anderes darstellten und der ersehnten Ortsveränderung eine andere Dichte gaben, eine besondere Verklammerung zwischen den Orten meiner Erfahrung und denen des Anderswo (genau darin besteht der Effekt, den man »Realismus« nennt, wie ich später begreifen sollte), und nachdem ich die Kasbah von Algier in *Pépé le Moko* gesehen hatte, betrachtete ich die Straßen und Treppen unserer Altstadt mit anderen Augen. Das Gesicht von Jean Gabin war aus einem anderen Stoff, physiologisch und psychologisch, als die Gesichter der amerikanischen Schauspieler, die nie so vom Teller aufgeblickt hätten, bekleckert mit Suppe und mit Erniedrigung, wie Gabin am Anfang von *La Bandera*. (Nur das Gesicht von Wallace Beery in *Viva Villa* konnte neben ihm bestehen, vielleicht auch das von Edward G. Robinson.) Das französische Kino war im selben Maße von Gerüchen durchzogen, wie das amerikanische nach Palmolive roch, blankgeschrubbt und aseptisch. Die Frauen hatten eine sinnliche Präsenz, die sie als lebendige Frauen und zugleich als erotische Traumbilder im Gedächtnis haften ließ (ich denke besonders an Viviane Romance), während bei den Hollywoodstars die Erotik sublimiert, stilisiert und idealisiert war. (Auch die sinnlichste der Amerikanerinnen von damals, die platinblonde Jean Harlow, erschien unwirklich durch das blendende Weiß ihrer Haut. Im Schwarzweißfilm bewirkte die Kraft des Weißen eine Verklärung der weiblichen Gesichter, der Beine, Schultern und Dekolletés, sie machte aus Marlene Dietrich nicht das unmittelbare Objekt der Begierde, sondern das Begehren selbst als eine außerirdische Essenz.) Ich spürte, daß das französische Kino mehr von beunruhigenden und irgendwie verbotenen Dingen handelte, ich wußte, daß Jean Gabin in *Quai des brumes* kein Kriegsheimkehrer war, der auswandern wollte, um als Pflanzer in den Kolonien zu leben, wie es die italienische Synchronisierung uns weismachen wollte, sondern ein Deserteur, der sich von der Front entfernt hatte, ein Thema, das die faschistische Zensur nie hätte passieren lassen.

Mit einem Wort, auch über das französische Kino der dreißiger Jahre könnte ich lange sprechen, wie über das amerikanische, aber dann würden sich meine Ausführungen auf vieles andere erstrecken, was nicht Kino und nicht dreißiger Jahre ist, während das amerikanische Kino der dreißiger Jahre für sich allein stand, ich möchte fast sagen, es war ohne Vorher und Nachher – jedenfalls war es in meinem Leben ohne Vorher und Nachher. Im Unterschied zum französischen hatte das amerikanische Kino von damals nichts mit Literatur zu tun; vielleicht ist dies der Grund dafür, warum es in meiner Erfahrung so isoliert von allem dasteht: Diese meine Erinnerungen eines Zuschauers gehören zu den Erinnerungen aus der Zeit, bevor mich die Literatur erfaßte.

Was man das »Firmament Hollywoods« nannte, bildete ein System für sich, mit seinen Konstanten und seinen Variablen, eine menschliche Typologie. Die Schauspieler repräsentierten Charakter- und Verhaltensmodelle; für jedes Temperament gab es einen möglichen Helden; für den, der sich ein Leben als Tatmensch vornahm, repräsentierten Clark Gable eine gewisse durch ungenierte Prahlerei aufgehellte Brutalität und Gary Cooper eine durch Ironie gefilterte Kaltblütigkeit; für den, der die Hindernisse mit Humor und *savoir faire* zu nehmen gedachte, gab es den Aplomb eines William Powell und die Diskretion eines Franchot Tone; für den Introvertierten, der seine Schüchternheit überwinden will, gab es James Stewart, während Spencer Tracy das Muster des offenen und gerecht denkenden Mannes war, der mit beiden Händen zuzupacken versteht; und mit Leslie Howard wurde sogar ein rares Beispiel des intellektuellen Helden geboten.

Bei den Schauspielerinnen war die Skala der Physiognomien und Charaktere etwas schmaler. Das Make-up, die Frisuren und die Gesichtsausdrücke tendierten zu einer einheitlichen Stilisierung, die sich in die zwei Grundkategorien der Blondinen und der Brünetten teilte, und innerhalb jeder der beiden Kategorien ging es zwar von der kapriziösen Carol Lombard bis zu der praktischen Jean Arthur, von dem breiten und sinnlichen Mund einer Joan Crawford bis zu dem schmalen und nachdenklichen einer Barbara Stanwyck, doch dazwischen gab es eine Skala von immer weniger differenzierten Figuren mit einer gewissen Austauschbarkeit. Zwischen dem Katalog der Frauen, die man in den amerikanischen Filmen antraf, und dem der Frauen, die man draußen im täglichen Leben trifft, ließ sich keine Beziehung herstellen; ich würde sagen, wo der eine aufhörte, fing der andere an. (Bei den Frauen in den französischen Filmen gab es durchaus eine solche Beziehung.) Von der schnippischen Vorurteilslosigkeit einer Claudette Colbert bis zur scharfzüngigen Energie einer Katharine Hepburn war das wichtigste Modell, das die weiblichen Figuren des amerikanischen Kinos vorführten, das der Frau als Rivalin des Mannes in puncto Resolutheit und Beharrlichkeit und Geist und Einfallsreichtum; und es war Myrna Loy, die in diese luzide Selbstsicherheit gegenüber den Männern am meisten Intelligenz und Ironie legte. Ich spreche darüber hier mit einem Ernst, den ich damals nicht mit der Leichtigkeit jener Salonkomödien hätte vereinbaren können; doch im Grunde konnte die Autonomie und Initiative der amerikanischen Frauen für eine Gesellschaft wie die unsere und für die italienische Lebensform jener Jahre, vor allem in der Provinz, eine Lehre sein, die in gewisser Weise auch mich erreichte. So hatte ich Myrna Loy zum Prototyp meines weiblichen Ideals gemacht, meines Ideals vielleicht von Gattin, vielleicht von Schwester, jedenfalls der Verkörperung meines Geschmacks- und Stilempfindens, und dieser Prototyp koexistierte mit den Traumbildern der sinnlichen Aggressivität (Jean Harlow, Viviane Romance) und der schmachtend-verzehrenden Leidenschaft (Greta Garbo, Michèle Morgan), bei denen die Anziehung, die sie für mich hatten, von einem Gefühl der Angst durchzogen war, oder auch mit jenem Inbild von physischem Glück und vitaler Fröhlichkeit, das Ginger Rogers darstellte, zu der ich eine von Anfang an unglückliche Liebe hegte, unglücklich auch in den Träumereien, denn ich konnte nicht tanzen.

Man kann sich fragen, ob es für einen Heranwachsenden gut oder schlecht ist, sich einen Olymp idealer und vorerst unerreichbarer Frauen zusammenzustellen. *Einen* positiven Aspekt hatte es sicher, insofern es dazu anhielt, sich nicht mit dem wenigen oder vielen zu begnügen, was man vorfand, sondern die eigenen Wünsche weiterzutreiben, sie in die Zukunft, ins Anderswo oder ins Schwierige zu projizieren; der negativste Aspekt lag darin, daß es nicht lehrte, die wirklichen Frauen mit einem Blick zu betrachten, der bereit zur Entdeckung unbekannter, nicht dem herrschenden Kanon entsprechender Schönheiten war, zur Erfindung neuer Persönlichkeiten mit dem, was wir durch Zufall oder gezielte Suche innerhalb unseres Horizontes entdecken.

Wenn das Kino für mich vor allem aus Schauspielern und Schauspielerinnen bestand, so muß ich freilich auch sagen, daß für mich, wie für alle italienischen Kinogänger, von jedem Schauspieler und jeder Schauspielerin sozusagen nur die Hälfte existierte, nämlich nur die Gestalt und nicht die Stimme, die durch die Abstraktion der Synchronisierung ersetzt worden war, durch eine konventionelle, äußerliche und neutrale Sprechweise, die nicht weniger anonym war als die Schriftzeilen, die in anderen Ländern (oder jedenfalls dort, wo man den Zuschauern mehr geistige Beweglichkeit zutraut) über das unterrichten, was die Münder mit der ganzen Ausdruckskraft einer persönlichen Diktion kommunizieren, eines phonetischen Zeichens, das mit Lippen und Zähnen und Speichel gebildet wird und das sich vor allem auch aus den verschiedenen geographischen Ingredienzen des amerikanischen Schmelztiegels zusammensetzt, in einer Sprache, die dem, der sie versteht, feinste Ausdrucksnuancen enthüllt, und die für den, der sie nicht versteht, ein Mehr an musikalischem Potential hat (wie jenes, das wir heute in japanischen oder auch in schwedischen Filmen hören). Die Konventionalität des amerikanischen Kinos erreichte mich also verdoppelt durch die Konventionalität der Synchronisierung, die in unseren Ohren jedoch zum Zauber des Films gehörte und sich nicht von jenen Bildern trennen ließ. Ein Zeichen dafür, daß die Kraft des Kinos stumm geboren ist und daß die Sprache – jedenfalls für Zuschauer wie die italienischen – immer als etwas Aufgesetztes empfunden wird, wie ein in Blockschrift geschriebener Untertitel. (Übrigens klangen die italienischen Filme von damals, auch wenn sie nicht synchronisiert waren, immer so, als ob sie es wären; wenn ich hier nicht von ihnen spreche, obwohl ich sie fast alle gesehen habe und mich an sie erinnere, dann deshalb, weil sie so wenig zählten, im Guten wie im Schlechten, daß ich sie unmöglich in diese Betrachtungen über das Kino als andere Dimension der Welt einführen könnte.)

Meine Ausdauer im Betrachten amerikanischer Filme hatte etwas von der Obstination eines Sammlers, für den die diversen Rollen eines Schauspielers oder einer Schauspielerin wie die Briefmarken einer Serie waren, die ich gewissenhaft in das Album meiner Erinnerung klebte, um die Lücken eine nach der anderen zu füllen. Ich habe bisher nur berühmte Stars genannt, aber meine Sammlerleidenschaft erstreckte sich auch auf die Vielzahl der Nebendarsteller, die damals ein unverzichtbares Element jedes Films waren, besonders in den komischen Rollen, wie Everett Horton oder Frank Morgan, oder in den Rollen der »Bösen«, wie John Carradine oder Joseph Calleja. Es war ein bißchen wie in der Commedia dell'arte, wo jede Rolle vorhersehbar ist, und wenn ich die Namen im Vorspann las, wußte ich gleich, daß Billie Burke die etwas wunderliche Dame sein würde, Aubrey Smith der barsche

Oberst, Mischa Auer der abgebrannte Schmarotzer und Eugene Palette der Millionär, aber ich war auch auf die kleine Überraschung gefaßt, auf ein bekanntes Gesicht in einer unerwarteten Rolle, vielleicht anders geschminkt. Ich kannte fast alle Darsteller beim Namen, auch den, der immer den überempfindlichen Hotelportier spielte (Hugh Pagborne), oder den, der immer den verschnupften Barmann gab (Armetta); und von den anderen, deren Namen ich vergessen oder nie erfahren habe, erinnere ich mich an die Gesichter; zum Beispiel an die der diversen Butler, die im damaligen Kino eine wichtige Kategorie für sich waren, vielleicht weil man langsam zu begreifen begann, daß die Zeit der Butler vorbei war.

Meine Kenntnis ist wohlgemerkt die eines bloßen Zuschauers, nicht die eines Spezialisten. Ich könnte mich nie mit professionellen Filmkennern messen (und nicht einmal in Quiz-Sendungen wie »Alles oder nichts« mitmachen), denn ich habe nie die Versuchung verspürt, meine Erinnerungen durch die Konsultation von Handbüchern, Filmographien oder Speziallexika abzustützen. Diese Erinnerungen gehören zu einem privaten geistigen Magazin, in dem nicht die schriftlichen Dokumente zählen, sondern nur die zufällige Ablagerung der Bilder im Laufe der Tage und Jahre, einem Magazin der privaten Gefühle, das ich nie mit den Magazinen des kollektiven Gedächtnisses habe vermischen wollen. (Von den Kritikern jener Jahre las ich Filippo Sacchi im *Corriere*, der sehr feinfühlig und aufmerksam für meine Lieblingsschauspieler war, und später in der Zeitschrift *Bertoldo* die Artikel von »Volpone«, wohinter sich Pietro Bianchi verbarg, der als erster eine Brücke zwischen Kino und Literatur schlug.)

Es muß gesagt werden, daß diese ganze Geschichte sich

auf wenige Jahre konzentrierte. Meine Leidenschaft hatte kaum Zeit gehabt, sich ihrer selbst bewußt zu werden und die familiäre Repression abzuschütteln, da wurde sie von der staatlichen Repression abgewürgt. Schlagartig (ich glaube, es war 1938) verhängte Italien, um seine Autarkie auf den Bereich des Kinos auszudehnen, ein Embargo gegen die amerikanischen Filme. Es war keine eigentliche Zensurmaßnahme: Die Zensur erteilte oder verweigerte wie gewöhnlich den einzelnen Filmen ihr Plazet, und was sie nicht durchließ, bekam eben niemand zu sehen und damit basta. Trotz der plumpen Anti-Hollywood-Kampagne, mit der die Propaganda des Regimes (das genau zu jener Zeit auf den Hitlerschen Rassismus einschwenkte) das Einfuhrverbot begleitete, mußte der wahre Grund die Errichtung von Handelsschranken gewesen sein, um der italienischen (und der deutschen) Filmproduktion einen Platz auf dem Markt zu sichern. Darum wurden die vier größten amerikanischen Produktions- und Verleihfirmen vom italienischen Markt ausgesperrt – MGM, Fox, Paramount und Warner (auch das berichte ich aus dem Gedächtnis, im Vertrauen auf die Genauigkeit der Registration meines Traumas), während Filme anderer amerikanischer Gesellschaften wie RKO, Columbia, Universal, United Artists (die auch vorher über italienische Verleihe vertrieben worden waren) noch bis Ende 1941 in die Kinos kamen, das heißt, bis Italien sich im Krieg mit den Vereinigten Staaten befand. Mir waren noch ein paar vereinzelte Freuden vergönnt (darunter sogar eine der größten: *Ombre rosse*[3]), aber meine sammlerische Gefräßigkeit war zu Tode getroffen.

3 Unter diesem Titel (»Rote Schatten«) lief in Italien John Fords Western *Stagecoach*, der in Deutschland *Höllenfahrt nach Santa Fé* und später *Ringo* hieß (A. d. Ü.).

Verglichen mit all den anderen Verboten und Zwängen, die der Faschismus auferlegt hatte, und mit den noch schlimmeren, die er in jenen Jahren der Vorkriegszeit und dann des Krieges noch auferlegen sollte, war das Verbot der amerikanischen Filme sicher nur ein geringer, ja minimaler Entzug, und ich war nicht so verbohrt, das nicht zu wissen; aber es war der erste, der mich direkt betraf, mich, der ich keine anderen Jahre als die des Faschismus gekannt und keine anderen Bedürfnisse verspürt hatte als eben die, die das Milieu, in dem ich lebte, wecken und befriedigen konnte. Zum erstenmal war mir ein Recht genommen worden, das ich wirklich genossen hatte, ja, mehr als ein Recht: eine Dimension, eine Welt, ein geistiger Raum, und diesen Verlust empfand ich als eine brutale Unterdrückung, in der alle anderen Formen von Unterdrückung, die ich nur vom Hörensagen kannte oder unter denen ich andere hatte leiden sehen, enthalten waren. Wenn ich noch heute darüber sprechen kann wie über ein verlorenes Gut, so deshalb, weil damals etwas aus meinem Leben einfach verschwand, ohne jemals wiederzukehren. Als der Krieg vorbei war, hatte sich vieles geändert – ich hatte mich geändert, und das Kino hatte sich geändert, sowohl an sich wie in seinem Verhältnis zu mir. Mein Leben als Zuschauer ging weiter, aber als das eines anderen Zuschauers, der jetzt nicht mehr nur Zuschauer war.

Mit all dem anderen, was ich jetzt im Kopf hatte, kam mir das Hollywoodkino meiner Adoleszenz, wenn ich daran zurückdachte, eher dürftig vor: Es war keine jener heroischen Epochen des Stummfilms oder der Anfänge des Tonfilms, auf die meine ersten Erkundungszüge in die Geschichte des Films mir Lust gemacht hatten. Auch meine Erinnerungen an das Leben jener Jahre hatten sich geändert, und viele Dinge, die für mich unbedeutender Alltag gewesen waren, gewannen nun eine Bedeutung, eine innere Spannung, etwas Vorzeichenhaftes. Mit einem Wort, beim Rückblick in meine Vergangenheit erschien mir die Welt der Leinwand sehr viel blasser, voraussehbarer, weniger aufregend als die Welt draußen. Gewiß kann ich immer noch sagen, daß es das graue und banale Leben in der Provinz war, das mich zu den Zelluloidträumen getrieben hatte, aber ich weiß, daß ich damit auf einen Gemeinplatz rekurriere, der die Komplexität der Erfahrung sehr vereinfacht. Es hat keinen Sinn, hier jetzt zu erklären, wie und warum das Provinzleben, das mich während meiner Kindheit und Jugend umgab, ganz aus Ausnahmen von der Regel bestand und daß die Tristesse und die Trägheit, wenn es sie gab, in *mir* waren, nicht aber im sichtbaren Aspekt der Dinge. Auch der Faschismus war an einem Ort, an dem sich die Massendimension der Phänomene nicht greifen ließ, nur ein Ensemble von einzelnen Gesichtern und individuellen Verhaltensweisen, nicht ein alles erstickender Überzug, gleichförmig wie eine Teerschicht, sondern – sage ich zu den desillusionierten Augen eines Jungen, der halb von außen, halb von innen schaute – ein widersprüchliches Element mehr, ein Puzzlesteinchen, das sich seiner unförmigen Konturen wegen schwerer einfügen ließ zwischen die anderen, ein Film, dessen Anfang ich verpaßt hatte und dessen Ende ich mir nicht vorstellen konnte. Was also war damals, in diesem Kontext, das Kino für mich gewesen? Ich würde sagen: Distanz. Es entsprach einem Bedürfnis nach Distanz, nach Erweiterung der Grenzen des Wirklichen, nach einer allseitigen Öffnung von inkommensurablen Dimensionen, die abstrakt wie geometrische Größen waren, aber auch konkret, randvoll von Gesichtern und Situationen und Milieus, und die mit der Welt der unmittelbaren Erfahrung ein eigenes (abstraktes) Netz von Beziehungen knüpften.

Seit Kriegsende ist das Kino auf eine ganz andere Weise gesehen, diskutiert und gemacht worden. Ich weiß nicht, wie stark das italienische Kino der Nachkriegszeit unsere Sicht der Welt verändert hat, aber sicher hat es unsere Sicht des Kinos verändert (jedes Kinos, auch des amerikanischen). Es gibt nicht mehr eine Welt drinnen auf der beleuchteten Leinwand im dunklen Saal und eine andere draußen, heterogen und von ihr getrennt durch einen klaren Bruch, einen Ozean oder Abgrund. Der dunkle Saal verschwindet, die Leinwand ist eine Vergrößerungslinse, die sich auf den Alltag draußen richtet und uns zu betrachten zwingt, was wir mit bloßem Auge leicht übersehen hätten. Diese Funktion des Kinos hat eine eigene Nützlichkeit (oder kann sie haben), eine geringe oder mittlere oder manchmal auch sehr große. Aber das eben erwähnte anthropologisch-gesellschaftliche Bedürfnis nach Distanz befriedigt sie nicht.

Nach dem Krieg – um den Faden meiner individuellen Biographie wieder aufzunehmen – bin ich sehr bald in die Welt des beschriebenen Papiers eingetreten, die sich an einigen Rändern mit der Welt des Zelluloids überlappt. Dunkel hatte ich gleich gespürt, daß ich mir, im Namen meiner alten Liebe zum Kino, mein bloßes Zuschauerdasein erhalten mußte und daß ich die damit verbundenen Privilegien verloren hätte, wenn ich auf die Seite der Filmemacher übergegangen wäre – wozu ich im übrigen nie versucht war. Aber da die italienische Gesellschaft gering an Dichte ist, findet man sich mit den Filmemachern zusammen in der Trattoria, jeder kennt jeden, und das nimmt dem Dasein als bloßer Zuschauer (wie auch als Leser) bereits einen guten Teil seines Zaubers. Hinzu kommt, daß Rom eine Zeitlang so etwas wie ein internationales Hollywood war und daß die Schranken zwischen den Kinematographien der einzelnen Länder bald fielen. Mit anderen Worten, das Gefühl der Distanz ging in jeder Hinsicht verloren.

Dennoch gehe ich weiter ins Kino. Die außerordentliche Begegnung zwischen dem Zuschauer und einer gefilmten Vision kann immer noch stattfinden, herbeigeführt durch die Kunst oder durch den Zufall. Im italienischen Kino kann man sich viel vom persönlichen Genius der Regisseure erwarten, aber nur sehr wenig vom Zufall. Das muß einer der Gründe sein, weshalb ich das italienische Kino manchmal bewundert und oft geschätzt, aber nie geliebt habe. Ich glaube, es hat meiner Freude am Kino mehr genommen als gegeben. Denn diese Freude bemißt sich nicht nur an den sogenannten Autorenfilmen, zu denen ich eine »literarische« Kritikerbeziehung aufnehme, sondern auch daran, wieviel Neues aus der Durchschnitts- und Billigproduktion kommt, zu der ich wieder eine reine Zuschauerbeziehung herzustellen versuche.

Ich müßte hier von der satirischen Sittenkomödie sprechen, die während der ganzen sechziger Jahre typisch für die italienische Durchschnittsproduktion war. In den meisten Fällen finde ich sie abscheulich, denn je mehr die Karikatur unserer gesellschaftlichen Verhaltensweisen erbarmungslos sein will, desto mehr entlarvt sie sich als willfährig und duldsam; in anderen Fällen finde ich sie sympathisch und gutmütig, geprägt von einem Optimismus, der erstaunlicherweise genuin bleibt, aber dann habe ich das Gefühl, daß sie mich in der Erkenntnis unserer selbst nicht weiterbringt. Mit anderen Worten, es ist schwierig, uns selbst direkt in die Augen zu sehen. Die italienische Vitalität mag von mir aus die Nichtitaliener bezaubern, mich läßt sie kalt.

Nicht zufällig hat sich bei uns eine handwerkliche Produktion von gleichbleibender Qualität und stilistischer Originalität mit dem Italo-Western entwickelt, das heißt als Absage an die Dimension, in der das italienische Kino sich behauptet hat und in der es stehengeblieben ist. Und als Herstellung eines abstrakten Raumes, parodistisches Zerrbild einer rein filmischen Konvention (womit freilich, massenpsychologisch gesehen, auch etwas über uns selbst ausgesagt wird, nämlich was der Western für uns darstellt, wie wir den Mythos integrieren und korrigieren, um in ihn einzubringen, was wir selbst in uns tragen.)

So muß auch ich, um mir wieder Lust aufs Kino zu machen, den italienischen Kontext verlassen und wieder bloßer Zuschauer werden. In den handtuchschmalen und schlecht gelüfteten Sälen der »Studios« im Quartier Latin kann ich die Filme der zwanziger oder dreißiger Jahre wiederfinden, die ich für immer verloren zu haben glaubte, oder kann mich fesseln lassen von der letzten brasilianischen oder polnischen Neuheit, die aus Gegenden kommt, von denen ich nicht das geringste weiß. Mit anderen Worten, entweder gehe ich mir alte Filme ansehen, die mich über meine Vorgeschichte aufklären, oder solche, die so neu sind, daß sie mir vielleicht etwas über die Welt nach mir sagen können. Und auch hier sind es immer noch die amerikanischen Filme (ich spreche von den neuesten), die mir das meiste Unbekannte mitzuteilen haben: immer noch über die Highways, die Drugstores, die Gesichter der Jungen oder der Alten, die Art, wie sie sich durch die Orte bewegen und ihr Leben verbringen.

Doch was uns das Kino heute gibt, ist nicht mehr Distanz, sondern das irreversible Gefühl, daß uns alles ganz nahe ist, hautnah, direkt auf dem Leib. Dabei kann diese Beobachtung aus der Nähe sowohl im Sinne einer dokumentarischen Erkundung wie in dem einer Introspektion erfolgen, den beiden Richtungen, in denen wir heute die kognitive Funktion des Kinos definieren können. Die eine gibt uns ein kraftvolles Bild einer Welt außerhalb unserer selbst, die wir aus welchen Gründen auch immer nicht direkt wahrnehmen können; die andere zwingt uns, uns selbst und unser Alltagsleben in einer Weise zu sehen, die etwas in unserem Verhältnis zu uns verändert. So kommt zum Beispiel das Werk Federico Fellinis dieser meiner Biographie eines Zuschauers, die zu schreiben er selbst mich überredet hat, am nächsten; nur daß in seinem Werk die Lebensbeschreibung ihrerseits Kino geworden ist: Sie ist das Draußen, das die Leinwand überflutet, das Dunkel des Saales, das sich in den Lichtkegel verkehrt.

Die filmische Autobiographie, die Fellini von *I Vitelloni* bis heute ununterbrochen fortgesetzt hat, berührt mich nicht nur deshalb so tief, weil wir im Alter nur wenige Jahre auseinander sind, und nicht nur, weil wir beide aus Küstenstädten kommen – er aus einer adriatischen und ich aus einer ligurischen, in denen das Leben der jungen Müßiggänger sehr ähnlich war (obwohl mein San Remo sich in mancher Hinsicht von seinem Rimini unterschied, da es eine Grenzstadt mit einem Casino war und die Kluft zwischen der sommerlichen Badesaison und der »toten Jahreszeit« des Winters bei uns nur in den Kriegsjahren als solche empfunden wurde) –, sondern auch deswegen, weil ich hinter dem ganzen Elend der Tage im Café, des Spaziergangs zur Mole, des Freundes, der sich als Frau verkleidet und sich dann vollaufen läßt und heult, eine unbefriedigte Jugend von Kinogängern erkenne, in einer Provinz, die sich selbst im Verhältnis zum Kino beurteilt, im permanenten Vergleich mit jener anderen Welt, die das Kino ist.

Die Biographie des Fellinischen Helden – die der Regisseur jedesmal wieder von vorne beginnt – ist in diesem Sinne exemplarischer als meine, da der junge Mann die Provinz verläßt, sich nach Rom begibt und auf die andere Seite der Leinwand überwechselt, um Kino zu machen, selbst Kino zu werden. Der Film Fellinis ist umgekehrtes Kino: Projektionsapparat, der den Saal verschlingt, und Kamera mit dem Rücken zum Set, aber stets bleiben die beiden Pole voneinander abhängig, die Provinz erhält einen Sinn dadurch, daß sie von Rom aus erinnert wird, die Metropole Rom bekommt einen Sinn dadurch, daß man aus der Provinz zu ihr gelangt, zwischen den menschlichen Monstrositäten der einen und der anderen bildet sich eine gemeinsame Mythologie, die um riesige weibliche Gottheiten wie Anita Ekberg in *La dolce vita* kreist. Und es ist das Ziel der ganzen Arbeit Fellinis, diese konvulsivische Mythologie ans Licht zu bringen und zu klassifizieren, mit der Selbstanalyse von *8½* im Zentrum wie eine Spirale voll Archetypen.

Um genauer zu bestimmen, wie die Dinge gelaufen sind, muß man sich vergegenwärtigen, daß in Fellinis Biographie dem Rollentausch vom Zuschauer zum Regisseur derjenige vom Leser humoristischer Wochenblätter zum Zeichner und Mitarbeiter an denselben vorausgegangen war. Der Zusammenhang zwischen Fellini als Comic-Zeichner und Fellini als Filmemacher wird hergestellt durch die Person von Giulietta Masina und die ganze »Masina-Zone« in seinem Werk, das heißt durch jenen Bezirk verfeinerter Poesie, der die figurative Schematisierung der Comic-Bilder umfaßt und sich – über die dörflichen Plätze in *La strada* – auf die Welt des Zirkus ausdehnt, auf die Melancholie der Clowns, eins der häufigsten Themen in Fellinis Klaviatur und eins der am stärksten mit einem rückdatierten Stilempfinden verbundenen, insofern es einer infantilen, unkörperlichen, präkinematographischen Visualisierung einer »anderen« Welt entspricht. (Jener »anderen« Welt, der das Kino eine Illusion von Körperlichkeit verleiht, die ihre Trugbilder mit der anziehend-abstoßenden Körperlichkeit des Lebens verwechselt.)

Nicht umsonst hat gerade der Film, der die Welt der Masina analysiert, *Giulietta degli spiriti*, als seinen erklärten figürlichen und farblichen Bezugspunkt die bunten Bilder des seinerzeit weitverbreiteten Kinder- und Comic-strip-Magazins *Corriere dei Piccoli*: Es ist die graphische Welt des bedruckten Papiers in hoher Auflage, die ihre besondere visuelle Autorität und ihre enge Verwandtschaft mit dem Kino seit seinen Anfängen reklamiert.[4]

In dieser graphischen Welt müßte man das humoristische Wochenblatt, ein soweit ich sehe für die Kultursoziologie noch jungfräuliches Gebiet (es liegt ja auch weitab von der Route Frankfurt-New York), als ein fast ebenso unverzichtbares Medium wie das Kino studieren, um die Massenkultur der italienischen Provinz zwischen den beiden Weltkriegen zu definieren. Und studiert werden müßte auch (wenn es noch nicht geschehen ist) das Bindeglied zwischen dem humoristischem Wochenblatt und

4 Vgl. hierzu Calvinos Harvard-Vorlesungen: *Sechs Vorschläge für das nächste Jahrtausend*, Hanser, München 1992, S. 128 ff. (A. d. Ü.).

dem italienischen Kino, sei's auch nur wegen des Raumes, den es in der Biographie eines anderen, älteren Gründervaters unseres Kinos einnimmt, nämlich bei Zavattini. Es ist der Beitrag des Comic-Magazins (vielleicht mehr noch als der der Literatur, der figürlichen Kultur, der verfeinerten Photographie und des Journalismus à la Longanesi), der dem italienischen Kino einen bereits erprobten Typus von Kommunikation mit dem Publikum liefert, nämlich in Form einer bestimmten Stilisierung der Figuren und der Handlung.

Doch der Filmemacher Fellini steht nicht nur in einer Beziehung zum »poetischen«, »crepusculären« und »engelhaften« Humorismus, in dem er sich mit seinen Jugendzeichnungen und -texten angesiedelt hatte, sondern auch zu einem eher plebejischen und für Rom typischen Aspekt, der andere Zeichner des *Marc'Aurelio*[5] charakterisierte, zum Beispiel Attalo, der die zeitgenössische Gesellschaft mit einer solchen Roheit und gewollten Vulgarität darstellte, mit einem derart ruppigen und fast ungehörigen Strich, daß jede versöhnliche Illusion ausgeschlossen war. Die Kraft der Bilder in den Filmen Fellinis, die so schwer zu bestimmen ist, weil sie sich nicht in die Codes irgendeiner figurativen Kultur fügt, hat ihre Wurzeln in der redundanten und disharmonischen Aggressivität der Zeitungskarikatur. In jener Aggressivität, die fähig ist, in der ganzen Welt Cartoons und Comic strips durchzusetzen, die sich als um so kommunikativer auf Massenebene

5 Das humoristische Blatt, für welches der junge Fellini zwischen 1939 und 1942 mehr als 700 Artikel verfaßt hat, vgl. Françoise Pieri: »Federico Fellini, écrivain au ›Marc' Aurelio‹«, in: *Positif*, 1981, Heft 244/245, S. 20–32; zit. nach: Michael Töteberg, *Federico Fellini*, Rowohlts Monographien 455, Reinbek 1989, S. 17ff. (A. d. Ü.).

erweisen, je mehr sie von einer individuellen Stilisierung geprägt zu sein scheinen.

Dieses populäre Kommunikationsvermögen hat Fellini nie verloren, auch wenn seine Sprache subtiler geworden ist. Im übrigen hat sein programmatischer Antiintellektualismus nie abgenommen: Der Intellektuelle ist für Fellini stets ein Verzweifelter, der sich im besten Falle erhängt, wie in *8½*, und der, wenn ihm die Hand ausrutscht, sich eine Kugel durch den Kopf schießt, nachdem er zuvor seine Kinder umgebracht hat, wie in *La dolce vita*. (Dasselbe geschieht in *Satyricon* auf dem Zeithintergrund des klassischen Stoizismus.) In Fellinis erklärten Intentionen steht der nüchtern räsonierenden intellektuellen Luzidität ein spirituelles, magisches Wissen entgegen, geboren aus religiöser Teilhabe am Geheimnis des Universums; auf der Ebene seiner Resultate scheint mir jedoch weder das eine noch das andere filmisch besonders prägnant hervorzutreten. Statt dessen bleibt als konstante Abwehr des Intellektualismus die sanguinische Natur seines Instinkts für das Spektakuläre, die elementare Grausamkeit à la Karneval und Weltuntergang, die sowohl sein antikes wie sein heutiges Rom unweigerlich evoziert.

Was man so oft das Barocke an Fellini genannt hat, steckt in seiner konstanten Forcierung des fotografischen Bildes in die Richtung, die vom Karikaturhaften zum Visionären führt. Wobei er jedoch als Ausgangspunkt stets eine sehr präzise Darstellung im Sinn hat, die ihre suggestivste und ausdrucksvollste Form finden muß. Für uns Angehörige seiner Generation ist dies besonders evident in den Bildern vom Faschismus, die bei Fellini, so grotesk die Karikatur auch sein mag, immer einen Geschmack von Wahrheit behalten. Sooft der Faschismus im Laufe seiner zwanzig Jahre das psychologische Klima gewechselt hatte, ebenso wie auch die Uniformen von Jahr zu Jahr wechselten – Fellini nimmt immer die richtigen Uniformen und das richtige psychologische Klima der Jahre, die er darstellen will.

Treue zum historisch Wahren sollte kein Kriterium für das ästhetische Urteil sein, aber wenn ich die Filme unserer jungen Regisseure sehe, die sich darin gefallen, die Zeit des Faschismus indirekt zu rekonstruieren, als eine Art symbolischen Geschichtsbilderbogen, kann ich nicht umhin zu leiden. Besonders bei dem zur Zeit renommiertesten unserer jungen Filmemacher ist alles, was den Faschismus betrifft, regelmäßig verfehlt, vielleicht konzeptionell zu rechtfertigen, aber falsch auf der Ebene der Bilder, als ob er nicht einmal per Zufall ins Schwarze treffen könnte. Heißt das womöglich, daß die Erfahrung einer Epoche nicht übertragbar ist, daß ein subtiles Geflecht von Wahrnehmungen unweigerlich verlorengeht? Oder heißt es, daß die Bilder, in denen die Jungen sich heute das faschistische Italien vorstellen und die vor allem jene sind, welche die Schriftsteller (wir Schriftsteller) ihnen gegeben haben – partielle Bilder, die eine Erfahrung voraussetzten, welche uns allen gemeinsam war –, nach dem Verlust dieses allen gemeinsamen Bezugspunktes nicht mehr imstande sind, die historische Dichte einer Epoche zu evozieren? Bei Fellini indessen genügt es, daß der komische Stationsvorsteher in *I Clowns*, der von den Jungen im Zug geneckt wird, einen Bahnpolizisten mit schwarzem Schnurrbart herbeiruft, woraufhin sich aus dem gespenstischen Zug die Arme der Jungen zu einem stummen römischen Gruß erheben, und das Klima der Epoche ist komplett und unverwechselbar rekonstruiert. Oder es genügt sogar, daß im vollbesetzten Saal des kleinen Varieté-Theaters in *Roma* plötzlich die unheilvolle Sirene des Fliegeralarms ertönt.

Vermutlich dasselbe Resultat einer Präzision der Beschwörung durch die Schärfe der Karikatur ist in den Bildern von der religiösen Erziehung zu finden, die für Fellini ein fundamentales Trauma gewesen sein muß, urteilt man nach der Häufigkeit, mit der er furchterregende Priester von geradezu physiologischer Grauenhaftigkeit auftreten läßt. (In diesem Punkt kann ich allerdings nicht kompetent urteilen: ich habe nur die laizistische Repression kennengelernt, die man tiefer verinnerlicht und nicht so leicht wieder abschütteln kann.) Der Präsenz einer repressiven Kirche/Schule setzt Fellini die eher vage Anwesenheit einer vermittelnden Kirche der Mysterien der Natur und des Menschen entgegen, die keine individuellen Züge hat, wie die zwergwüchsige Nonne in *Amarcord*, die den Verrückten auf dem Baum beruhigt, oder die nicht auf die Fragen des krisengeschüttelten Menschen eingeht, wie der uralte Monsignore in *8½*, der über die Vögel spricht, sicher das eindrucksvollste und unvergeßlichste Bild des religiösen Fellini.

So kann Fellini auf dem Weg des visuell Abstoßenden sehr weit gehen, aber auf dem des moralisch Abstoßenden macht er halt und holt das Monströse zurück ins Humane, in die nachsichtige Komplizität des Fleisches. Sowohl die Provinz der *vitelloni* wie auch das Rom der Filmwelt sind Höllenkreise, aber sie sind zugleich auch Schlaraffenländer, die man genießen kann. Deswegen gelingt es Fellini, uns bis auf den Grund zu verstören: weil er uns zwingt einzugestehen, daß das, was wir am liebsten weit fortschieben möchten, uns im Innersten nahe ist.

Wie in der Neurosenanalyse vermischten sich die Perspektiven der Vergangenheit und der Gegenwart; wie beim Ausbruch einer hysterischen Krise veräußerlichen sie sich im Spektakel. Fellini macht das Kino zur Symptomatik der italienischen Hysterie, jener besonderen Familienhysterie, die vor ihm als ein hauptsächlich süditalienisches Phänomen dargestellt worden war und die er in *Amarcord*, von der geographischen Mittlerregion seiner Romagna aus, als das wahre einigende Element des italienischen Verhaltens neu definiert. Das Kino der Distanz, das unsere Jugend genährt hatte, ist endgültig in das Kino der absoluten Nähe umgeschlagen. In der knappen Zeitspanne unseres Lebens ist alles da, ist alles auf furchterregende Weise präsent; die ersten Bilder des Eros und die Vorahnungen des Todes ereilen uns in jedem Traum; das Ende der Welt hat mit uns begonnen und scheint nicht enden zu wollen; der Film, dessen Zuschauer wir bloß zu sein wähnten, ist die Geschichte unseres Lebens.

(1974)

Erinnerungen an eine Schlacht

Es stimmt nicht, daß ich mich an nichts mehr erinnere, die Erinnerungen sind noch da, verborgen in den grauen Windungen des Gehirns, im feuchten Bett des Sandes, der sich auf dem Grund des Flusses der Gedanken ablagert – wenn es denn wahr ist, daß jedes Körnchen dieses geistigen Sandes einen Moment des Lebens bewahrt, so fest, daß er nicht mehr ausgetilgt werden kann, aber begraben unter Milliarden und Abermilliarden anderer Körnchen. Ich versuche, einen bestimmten Tag an die Oberfläche zu holen, einen Morgen, eine Stunde zwischen der Dunkelheit und dem beginnenden Licht jenes Tages. Seit Jahren habe ich diese Erinnerungen nicht mehr angerührt, die sich wie Aale in die Tiefen des Gedächtnisses eingewühlt haben. Ich war mir sicher, daß es jederzeit genügen würde, im flachen Wasser zu rühren, um sie schlängelnd auftauchen zu sehen. Allenfalls hätte ich einen jener dicken Steine wegrücken müssen, die als Damm zwischen Gegenwart und Vergangenheit dienen, um die kleinen Höhlen hinter der Stirn freizulegen, in denen sich die vergessenen Dinge verbergen. Doch warum gerade jenen Morgen und nicht einen anderen Zeitpunkt? Es gibt Stellen, die aus dem Grund des Sandes ragen, ein Zeichen dafür, daß sich um diese Stellen eine Art Wirbel gedreht hat, und wenn die Erinnerungen nach einem langen Schlaf erwachen, ist es das Zentrum solcher Wirbel, von dem aus sich die Spirale der Zeit entrollt.

Doch jetzt, als ich nach fast dreißig Jahren endlich beschlossen habe, das Netz der Erinnerungen einzuholen, um zu sehen, was darin ist, taste ich mich hier im Dunkeln voran, als wollte der Morgen gar nicht mehr anbrechen, als bekäme ich den Schlaf nicht aus den Augen, und gerade diese Unschärfe ist womöglich das Zeichen dafür, daß die Erinnerung scharf ist, was mir jetzt so undeutlich vorkommt, war es auch damals, an jenem Morgen war Wekken um vier, und gleich darauf war die Abteilung von Olmo unterwegs durch den Wald hinunter im Dunkeln, fast im Laufschritt über Abkürzungen, so daß du nicht sehen kannst, wo du hintrittst, vielleicht sind es gar keine Pfade, sondern bloß Hänge, ausgetrocknete Bachbetten voller Brombeersträucher und Farnkraut, glatter Fels, auf dem die Nagelschuhe ausrutschen, und hier sind wir noch am Beginn des Anmarsches, so wie dies hier ein Anmarsch im Gedächtnis ist, den ich zurückzulegen versuche auf der Spur wegrutschender Erinnerungen, nicht visueller Erinnerungen, denn es war eine mond- und sternlose Nacht, Erinnerungen meines im Dunkeln ausrutschenden Körpers, mit dem halben Blechnapf Kastanien im Magen, die nicht richtig wärmen, sondern nur drücken wie eine Handvoll Kies, der dir im Magen umherschwappt, mit der schweren Munitionskiste für das MG auf dem Rücken, die mich jedesmal, wenn ich ausrutsche, fast aus dem Gleichgewicht bringt, so daß ich vornüber mit dem Gesicht auf die Erde oder rücklings auf den Felsen zu stürzen drohe. Vielleicht sind mir von dem ganzen Abstieg nur diese Stürze im Gedächtnis geblieben, die auch aus einer anderen Nacht oder Morgendämmerung stammen könnten. Die nächtlichen Aufbrüche zu Aktionen ähneln sich alle, ich bin einer der Munitionsträger meiner Gruppe, immer gebeugt unter der Last jener harten quadratischen Kiste mit den Riemen, die in die Schultern einschneiden, aber in dieser Erinnerung sind meine Flüche und die der hinter mir Gehenden zu einem unterdrückten Zischen gedämpft, als wäre das Leisesein diesmal noch mehr als bei anderen Malen das Entscheidende, denn zur selben Zeit steigen auf allen Hängen des Waldes Kolonnen bewaffneter Männer wie wir zu Tal, alle Abteilungen des in versteckten Berghütten kampierenden Bataillons Figaro sind gleichzeitig aufgebrochen, alle Bataillone der Brigade Gino strömen aus den Tälern zusammen und kreuzen auf den Maultierpfaden andere Marschkolonnen, die schon am Abend zuvor von weiter entfernten Bergen aufgebrochen sind, kaum daß sie die Order des Divisionskommandanten Vittò erhalten haben: Alle Partisanen der Gegend sollen sich im Morgengrauen rings um Baiardo zusammenziehen.

Es wird nur langsam hell. Dabei müßte es doch schon März sein, der Frühling müßte beginnen, der letzte Frühling des Krieges (aber wird das wahr sein?) oder auch der letzte (für wie viele von uns?) des Lebens. Die Ungewißheit der Erinnerung ist durchaus die des Lichts und der Jahreszeit und dessen, was danach kommt. Wichtig ist, daß dieser Abstieg ins ungewisse Gedächtnis, in dem es von Schatten wimmelt, mich schließlich auf festen Boden bringt, wie als ich den Schotter des Fahrwegs unter den Füßen spürte und jenes Stück der Landstraße nach Baiardo erkannte, das unterhalb des Friedhofs vorbeiführt, und an der Biegung weiß ich schon, auch wenn ich es nicht sehe, daß wir das Dorf vor uns haben, hoch oben auf dem Gipfel eines Hügels. Jetzt, da ich dem Grau des Vergessens einen präzisen Ort entrissen habe, der mir von Kindheit an vertraut ist, jetzt fängt das Dunkel an, sich zu lichten, Formen und Farben schimmern durch: Auf einmal sind wir nicht mehr allein, unsere Kolonne marschiert an einer anderen vorbei, die auf der Landstraße haltgemacht hat, ja wir marschieren zwischen zwei Reihen von Männern gleich uns, die Gewehr bei Fuß am Straßenrand stehen. »Zu wem gehört ihr?« fragt jemand. »Zu Figaro. Und ihr?« – »Zu Pelletta.« – »Wir zu Gori.« Namen von Kommandanten mit Basislagern in anderen Tälern und Gebirgen.

Und wir mustern uns im Vorbeigehen, denn es ist immer eigenartig, uns von Abteilung zu Abteilung zu betrachten, zu registrieren, wie viele verschiedene Ausstaffierungen es unter uns gibt, Kleidungsstücke in allen Farben, einzelne Uniformteile, aber auch, wie gut erkennbar wir sind und wie sehr wir einander gleichen, etwa an den zerschlissenen Stellen, wo der Stoff am leichtesten reißt (auf der Schulter, wo der Gewehrriemen scheuert, in den von Messingpatronen durchlöcherten Taschen, an den von Zweigen und Dornen zerfetzten Hosen). Verschieden und gleich ist auch unsere Bewaffnung, ein tristes Arsenal von verbeulten »Einundneunzigern« und deutschen Handgranaten, die mit dem Holzstiel in den Gürtel gesteckt werden, dazwischen Musterstücke der modernsten und schnellsten Handfeuerwaffen, die der Krieg über die Schlachtfelder Europas verstreut hat und die jedes Gefecht neu zwischen den beiden Seiten verteilt. Wir finden uns bärtig oder bartlos wieder, langhaarig oder kurzgeschoren, mit Furunkeln, die sich bilden, wenn man monatelang nur Kastanien und Kartoffeln ißt. Wir blicken einander forschend an, während wir aus der Dunkelheit auftauchen, als wären wir überrascht, daß so viele von uns diesen schrecklichen Winter überlebt haben, daß wir so zahlreich versammelt sind, wie es nur an Tagen großer Siege oder großer Niederlagen geschieht. Und in unseren Blicken lauert die Frage, was der gerade beginnende Tag bringen mag, eingeleitet durch ein Kommen und Gehen von Kommandanten mit Ferngläsern um den Hals, die eilig die Trupps auf der staubigen Landstraße einteilen, ihnen die Positionen und Aufgaben zuweisen für den Sturm auf Baiardo.

Hier müßte ich eine Klammer aufmachen, um darüber zu informieren, daß dieses Dorf im ligurischen Seealpenvorland, befestigt wie eine Burg, damals von den Bersaglieri der faschistischen Republik von Salò gehalten wurde, einer großenteils aus Studenten bestehenden, gut bewaffneten, gut ausgerüsteten und gut trainierten Truppe, die das ganze von Ölbäumen grüne Tal bis hinunter nach Ceriana kontrollierte, und daß zwischen uns Partisanen der »Garibaldiner« und diesen Bersaglieri der Armee von Graziani seit Monaten ein ununterbrochener, heftiger Krieg tobte. Vieles andere müßte ich noch hinzufügen, um zu erklären, was es mit diesem Krieg auf sich hatte an jenem Ort und in jenen Monaten, aber anstatt die Erinnerungen zu wecken, würde ich sie dann wieder zudecken mit der sedimentierten Kruste der Erklärungen von später, die alles nach der Logik der vergangenen Geschichte ordnen, während das, was ich hier ans Licht bringen will, der Moment ist, in dem wir auf einen Seitenpfad abgebogen sind, der unten rings um den Ort führt, und im Gänsemarsch hintereinander durch einen lichten rötlichen Wald gehen und der Befehl gekommen ist: »Zieht euch die Schuhe aus und hängt sie euch um den Hals, wehe, wenn man unsere Schritte hört, wehe, wenn die Hunde im Dorf zu bellen anfangen! Gebt die Order nach hinten weiter und bewegt euch lautlos voran.«

Das ist es, genau von diesem Moment an wollte ich die Geschichte erzählen. Jahrelang habe ich mir gesagt: Jetzt noch nicht, später, wenn ich mich erinnern will, wird es genügen, mir die Erleichterung beim Aufschnüren der hart gewordenen Nagelschuhe ins Gedächtnis zu rufen, das Gefühl des Waldbodens unter den Fußsohlen, das Pieksen der Kastanienigel und Disteln, die behutsame Art, mit der die Füße auftreten, wenn bei jedem Schritt Dornen durch die Wolle in die Haut stechen, es wird genügen, mich zu erinnern, wie ich stehenbleibe, um mir die Igel von der verfilzten Sohle der Wadenstrümpfe zu klauben, in der sich gleich wieder andere verfangen werden, ich dachte, es würde genügen, mir diesen Moment zurückzurufen, und alles übrige würde schon nachfolgen wie beim Aufdröseln eines Knäuels, wie bei der Auflösung jener an Fersen und Zehen durchlöcherten Strümpfe über anderen gleichfalls durchlöcherten Strümpfen mit allen Dornen und Ähren und Reisern darin, mit der ganzen Spreu des Unterholzes, verfitzt in der Wolle.

Wenn ich mich hier auf die Vergrößerung dieses Details konzentriere, so tue ich das, um nicht bemerken zu müssen, wie viele Risse meine Erinnerung hat. Was vorher nächtliche Schatten waren, sind jetzt undeutliche helle Flecken. Jedes Zeichen wird gedeutet, wie das Krähen der Hähne von Baiardo, die alle zugleich die Stille der Morgendämmerung durchbrechen, was ein Zeichen für die Normalität des Alltags sein kann, aber auch bedeuten könnte, daß der Ort schon in Alarm versetzt worden ist. Unsere Gruppe ist mit dem MG zwischen die Ölbäume unten im Tal postiert worden. Wir können das Dorf nicht sehen. Was wir sehen, ist ein Telefonmast und die Leitung, die Baiardo mit (ich glaube) Ceriana verbindet. Welche

Aufgaben uns zugeteilt worden sind, habe ich noch in Erinnerung: die Drähte kappen, sobald wir hören, daß der Angriff beginnt, die Straße für die Faschisten sperren, falls sie versuchen, über die Felder zu fliehen, und uns bereithalten, zur Verstärkung ins Dorf hinaufzueilen, sobald der Befehl dazu kommt.

Was ich gern wüßte, ist, warum das löcherige Netz der Erinnerung bestimmte Dinge zurückbehält und andere nicht: Diese Befehle, die nie ausgeführt worden sind, habe ich Punkt für Punkt in Erinnerung, aber jetzt würde ich mich gern auch an die Gesichter und die Namen meiner Genossen in der Gruppe erinnern, an ihre Stimmen, ihre im Dialekt gesprochenen Sätze, und wie wir es geschafft haben, die Telefondrähte ohne Zangen zu kappen. Ich erinnere mich sogar noch an den Schlachtplan in seinen verschiedenen Phasen, wie er laufen sollte, aber nicht lief. Doch um meinem Faden zu folgen, müßte ich alles übers Gehör rekonstruieren: die besondere Stille an einem Morgen auf dem Lande inmitten von Männern, die keinen Mucks von sich geben, dann Kanonendonner und Schüsse, die den Himmel erfüllen. Eine Stille, die geplant war, aber länger als geplant anhielt. Dann plötzlich Schüsse, alle Arten von Explosionen und Salven, ein Knäuel von Lauten, das unmöglich zu entwirren ist, da es keine Form im Raum annimmt, sondern nur in der Zeit, in einer Zeit des Wartens für uns, die wir in jenem Talgrund postiert sind, von wo aus man nicht das geringste sieht.

Ich blicke weiter forschend in den Talgrund der Erinnerung. Und meine Furcht ist jetzt, daß jede Einzelheit, kaum daß sie sich abgezeichnet hat, in einem falschen Licht erscheint, manieriert und sentimental wie alle Kriegs- und Jugenderinnerungen, daß sie ein Stück Erzählung im Stil von damals wird, die uns nicht sagen kann, wie die Dinge wirklich waren, sondern nur, wie wir sie damals zu sehen glaubten und über sie sprachen. Ich weiß nicht, ob ich dabei bin, die Vergangenheit zu zerstören oder sie zu bewahren, die Vergangenheit, die sich in jenem belagerten Dorf verbarg.

Das Dorf liegt dort oben, nah und unerreichbar, ein Dorf, in dem es eigentlich nichts Besonderes zu erobern gab, aber das für uns, die wir seit Monaten in den Wäldern lebten, die Idee von Häusern, Straßen und Passanten verkörperte. Ein Mädchen aus meiner Heimatstadt, das vor den Bomben aufs Land evakuiert worden war und mich letzten August (als Baiardo in unserer Hand war) erstaunt angestarrt hatte, weil es mich plötzlich unter den Partisanen wiedererkannte. Da sieht man, eine Kriegs- und Jugenderinnerung konnte ja wohl nicht ohne wenigstens *einen* Frauenblick auskommen, mitten im belagerten und vom Tod eingekreisten Dorf. Der Kreis besteht jetzt nur noch aus vereinzelten Schüssen. Ein paar Salven noch. Dann Stille. Wir halten uns bereit, die Straße für fliehende Feinde zu sperren. Aber niemand kommt. Wir warten. Wie immer die Sache ausgegangen sein mag, sicher kommen jetzt gleich welche von unseren Leuten, um uns abzulösen. So lange sind wir hier schon allein, abgeschnitten von allem.

Immer noch ist es das Gehör, nicht das Gesicht, das mir die Fäden der Erinnerung zusammenhält: Aus dem Dorf sind jubelnde Stimmen zu hören, jetzt singen sie. Unsere Leute feiern den Sieg! Wir rennen los. Schon sind wir unter den ersten Häusern. Was singen die da? Das ist doch nicht *Fischia il vento* ... Wir erstarren. Sie singen *Giovinezza*! Die Faschisten haben gewonnen. Wir springen schon wieder den Hang hinunter zwischen den Ölbaumzeilen, um so viel Raum wie möglich zwischen uns und das Dorf zu bringen. Wer weiß, seit wann unsere Leute schon auf dem Rückzug sind. Wer weiß, wie wir sie jemals wiederfinden. Wir sind Versprengte in Feindesland.

Meine Erinnerung an die Schlacht ist zu Ende. Jetzt bleibt mir nur noch, die Erinnerung an die Flucht wieder auszukramen, die Flucht durch das steile Bachbett unter dichten Nußbaumkronen, das wir hinaufzusteigen versuchen, um die Straßen zu meiden. Wieder nachts durch den Wald zu laufen (eine menschliche Gestalt, die plötzlich vorbeigerannt kommt wie von Panik gehetzt, und wir haben nie erfahren, wer das war). In der kalten Asche des verlassenen Lagers zu wühlen auf der Suche nach Spuren der Truppe von Olmo.

Oder ich kann alles das in den Blick rücken, was ich später über die Schlacht erfuhr: wie unsere Leute schießend ins Dorf gestürmt sind und zurückgeschlagen wurden, unter Hinterlassung von drei Toten. Sieh da, wenn ich die Schlacht zu beschreiben versuche, wie ich sie *nicht* gesehen habe, nimmt die Erinnerung, die sich bisher hinter ungewissen Schatten herumgedrückt hatte, auf einmal Anlauf und legt los: Ich sehe die Kolonne derer, die sich den Weg zur Piazza freischießen, während die andern, die das Dorf umzingelt hatten, die engen Stufengassen heraufkommen. Ich könnte jedem seinen Namen geben, seinen Posten und seine Tat. In der Schlacht kann die Erinnerung an das, was ich *nicht* gesehen habe, eine genauere Ordnung und Bedeutung gewinnen als das, was ich wirklich erlebt habe, ohne die wirren Gefühle, die die ganze Erinnerung überladen. Gewiß bleiben auch hier noch weiße Flecken, die ich nicht füllen kann. Ich konzentriere mich auf die Gesichter, die ich besser kenne: Auf der Piazza kämpft Gino, ein untersetzter Bursche, der unsere Brigade befehligt, er taucht schießend hinter einer Balustrade auf und duckt sich wieder mit seinen wehenden schwarzen Bartbüscheln um die gespannten Kiefern und seinen kleinen glänzenden Augen unter der breiten Krempe des Mexikanerhutes. Ich weiß, daß Gino zu jener Zeit eine andere Kopfbedeckung trug, aber ich kann mich nicht mehr erinnern, ob es eine Pelzmütze war oder eine wollene Kapuze oder ein Jägerhut.

Ich sehe ihn immer noch mit jenem großen Strohhut, der zu einer Erinnerung aus dem Sommer davor gehört.

Aber ich habe keine Zeit mehr, mir Details vorzustellen, denn unsere Leute müssen sich jetzt so schnell wie möglich zurückziehen, wenn sie nicht im Dorf eingeschlossen werden wollen. Hinter einem Mäuerchen springt Tritolo hervor und wirft eine Bombe, als mache er einen Scherz. Unweit von ihm steht Cardù, der den Rückzug der anderen deckt und nach hinten winkt, um zu bedeuten, daß die Straße jetzt frei ist. Schon hat einer der Bersaglieri die Gruppe der Mailänder erkannt, ehemalige Kameraden von ihnen, die vor einem Jahr zu uns übergewechselt sind. Und hier nähere ich mich dem Punkt, den ich von Anfang an im Sinn gehabt hatte, nämlich dem Moment, als Cardù stirbt.

Die Erinnerung des Vorgestellten ist ebenfalls eine Erinnerung von damals, denn ich ziehe hier Dinge ans Licht, die ich mir damals vorgestellt hatte. Es war nicht der Moment von Cardùs Tod, den ich vor mir sah, sondern ein späterer, als unsere Leute das Dorf schon verlassen hatten und einer der Bersaglieri einen am Boden liegenden Toten umdreht und den rotblonden Schnurrbart sieht und die breite zerrissene Brust und sagt: »Herrgott, seht mal, wer tot ist«, und wie alle sich um diesen Toten scharen, der jetzt, anstatt der beste von ihnen zu sein, der beste von uns war, Cardù, der, seit er sie verlassen hatte, in ihren Reden und Gedanken und Ängsten und Legenden umging, Cardù, dem viele von ihnen gern gefolgt wären, wenn sie den Mut dazu gehabt hätten, Cardù mit dem Geheimnis seiner Kraft in seinem unerschrockenen ruhigen Lächeln.

Alles, was ich bisher geschrieben habe, hilft mir zu begreifen, daß ich von jenem Morgen so gut wie nichts mehr in Erinnerung habe, und noch viel mehr Seiten müßte ich füllen, um den Abend, die Nacht zu beschreiben. Die Nacht des Toten im feindlichen Dorf, bewacht von Lebenden, die nicht mehr wissen, wer lebt und wer tot ist. Die Nacht mit mir, der ich in den Bergen nach den Genossen suche, um zu erfahren, ob ich gewonnen oder verloren habe. Die Distanz zwischen jener Nacht damals und dieser, in der ich schreibe. Den Sinn des Ganzen, der auftaucht und wieder verschwindet.

(1974)

Die Mülltonne

Die einzige Hausarbeit, die ich mit einer gewissen Kompetenz und Befriedigung verrichte, ist das Hinausschaffen des Mülls. Der Vorgang teilt sich in mehrere Phasen: Abholung des Mülleimers aus der Küche und seine Entleerung in die größere Tonne, die in der Garage steht, sodann Transport besagter Tonne auf den Gehweg vor dem Haus, wo sie von den Müllmännern abgeholt und ihrerseits in den Müllwagen entleert werden wird.

Der Mülleimer in der Küche ist ein zylindrischer Kübel aus Kunststoff in erbsgrüner Farbe. Um ihn hinauszubringen, muß man den richtigen Moment abwarten, wenn zu vermuten steht, daß alles, was wegzuwerfen war, weggeworfen worden ist, wenn also nach dem Tischabdecken der letzte Knochen, die letzte Obstschale oder Brotrinde von der glatten Fläche der Teller gewischt worden ist und die gleiche flinke Bewegung erfahrener Hände die Teller einen nach dem andern, nach einer ersten summarischen Spülung unter dem Wasserhahn, in den Fächern des Geschirrspülers aufgereiht hat.

Das Leben der Küche beruht auf einem musikalischen Rhythmus, auf einer Verkettung von Bewegungen wie bei Tanzschritten, und wenn ich hier von einer flinken Bewegung spreche, denke ich an eine weibliche Hand, gewiß nicht an meine ungelenken und trägen Bewegungen, die den anderen bei der Arbeit immer im Wege sind. (Dies jedenfalls ist es, was ich mein Leben lang immer zu hören bekommen habe, von Eltern, Freunden und Freundinnen, Vorgesetzten, Untergebenen und nun auch von meiner Tochter. Sie haben sich's von einem zum andern weitergesagt, um mich zu demoralisieren, ich weiß es, sie meinen, wenn sie fortfahren, es mir zu sagen, werde ich schließlich glauben, daß etwas Wahres dran sei. Bis dahin stehe ich etwas abseits und warte auf den Moment, in dem ich mich nützlich machen, mich rehabilitieren kann.)

Jetzt stehen die Teller alle im Käfig ihres kleinen Wagens, die runden Gesichter erstaunt, sich in aufrechter Position zu befinden, die Rücken gebeugt in Erwartung des Gewitters, das sich in Kürze über ihnen entladen wird, hinten am Ende des Tunnels, wohin sie in ihr Exil verschwinden werden, bis der Zyklus der Wolkenbrüche, Wasserhosen und Dampfstrahlfontänen vorüber sein wird. Dies ist der Moment für mich, in Aktion zu treten.

Schon trage ich den Eimer die Stufen hinunter, wobei ich ihn an dem halbkreisförmigen Griff halte und aufpasse, daß er nicht ins Schaukeln gerät und Teile von seinem Inhalt verliert. Den Deckel lasse ich für gewöhnlich in der Küche; er ist ein unpraktisches Zubehör, dieser Deckel, der schlecht zu Rande kommt mit seinen zwei Aufgaben: zu verhüllen und sich zu heben, sobald etwas wegzuwerfen ist. Der Kompromiß, zu dem man schließlich gelangt, besteht darin, den Deckel halb offenstehen zu lassen, ein bißchen wie ein sich öffnender Mund, indem man ihn zwischen Kübel und Wand einklemmt, in einem instabilen Gleichgewicht, weshalb er unweigerlich irgendwann zu Boden fällt, mit einem dumpfen Geräusch, das sich unangenehm anhört wie eine verhaltene Vibration, denn der Kunststoff vibriert nicht.

Ich muß präzisieren, daß wir hier in Paris in einem kleinen Einfamilienhaus wohnen (um einen unschönen, aber verständlichen Ausdruck unserer modernen Sprache zu gebrauchen) oder in einem *pavillon* (um es in zeitlosem und noch immer an suggestiven Konnotationen reichem Französisch zu sagen). Dies nur, um zu erklären, inwiefern sich die Gesten meines Rituals von denen unterscheiden, die der Mieter oder Mitbesitzer eines vielgeschossigen Wohnblocks verrichtet, wenn er sich der Abfälle seines täglichen Lebens begibt, indem er sie aus der familiären *poubelle* in die kollektive *poubelle* schüttet, die für gewöhnlich im Hof des Gebäudes steht und zur gegebenen Zeit von der Concierge auf den öffentlichen Gehweg hinausbefördert wird, um dort der Weiterbehandlung durch die städtische Müllabfuhr zu harren. Diese Umfüllung von einem Behälter in den anderen, die sich für die meisten Bewohner der Metropole bereits als eine Überführung aus dem Privaten ins Öffentliche darstellt, ist dagegen für mich, in der Garage unseres Hauses, wo wir die große *poubelle* tagsüber stehen haben, nur der letzte Akt des Zeremoniells, auf dem das Private beruht – und als solcher wird er von mir als dem Pater familias vollzogen –, auf daß die Verabschiedung von den Überresten der Dinge deren zuvor vollzogene und unwiderrufliche Aneignung bekräftige.

Ich muß freilich auch hinzufügen, daß die große *poubelle*, wiewohl unbestreitbarer Teil unseres Hausstands infolge regulären Erwerbs auf dem Markt, sich bereits in Form und Farbe (ein dunkles Graugrün nach Art militärischer Uniformen) als amtliches Utensil der Stadt präsentiert und auf den Part verweist, den im Leben eines jeden von uns die öffentliche Dimension, die Bürgerpflichten, die Verfassung der Polis spielen. Denn unsere Wahl der

Tonne verdankte sich nicht der Willkür des ästhetischen Geschmacks oder der Erfahrung des praktischen Gebrauchs, wie es bei anderen Haushaltsgegenständen der Fall ist, sondern war uns von den Gesetzen der Stadt diktiert worden. Weise schreiben diese Gesetze vor, wie und auf welche Art besagte *poubelles* sich zu präsentieren haben, damit ihr täglicher Aufmarsch an den Rändern der städtischen Straßen weder das Auge beleidigt (Uniformität neigt dazu, übersehen zu werden) noch die Nase (der Deckel sollte, wenn der Inhalt der Tonne nicht überquillt, deren Öffnung mit seinem umgebogenen Rand so fest verschließen, daß weder der launische Sprung verliebter Kater noch das methodische Schnüffeln der Hunde ihn zu lüpfen vermag), noch auch das Ohr (der weiche Kunststoff, der an die Stelle des Blechs getreten ist, dämpft dessen Geschepper und schützt so den Schlaf der Bürger, wenn die Müllmänner sich im Morgengrauen daranmachen, die Tonnen zu öffnen und sie auf die Straße zu rollen und den Inhalt in ihren gespenstischen Wagen zu kippen).

Nicht umsonst lautet die genaue Bezeichnung dieser spezifischen Tonne – so nennt sie der Kunde, der sie in einer Eisen- und Haushaltswarenhandlung erstehen will, und so auch der dort tätige Verkäufer – *poubelle agréée*, was soviel heißt wie genehmigte, gebilligte, akzeptierte Mülltonne (wobei sich stillschweigend versteht: durch die Verordnungen der Präfektur und die Behörde, die sich in ihnen veräußerlicht und sich im Bewußtsein der Individuen verinnerlicht auf der Grundlage des Gesellschaftsvertrags und der Konventionen des guten Benehmens). An dieser Stelle sei angemerkt, daß in dem Ausdruck *poubelle agréée* nicht nur das Adjektiv, sondern auch schon das Substantiv den Stempel der väterlich sorgenden Behörden trägt: *Poubelle*, diese gebräuchliche Bezeichnung einer Sache, wiederholt den Eigennamen einer Person; es war ein Monsieur Poubelle, Präfekt des Departements Seine, der als erster (im Jahre 1884) den Gebrauch dieser Tonnen in den bis dahin verpesteten Straßen von Paris vorschrieb.

So kommt es, daß ich in dem Moment, in dem ich den kleinen Mülleimer in den großen entleere und diesen an den beiden Henkeln vor unsere Haustür hinaustrage, bereits – obwohl ich dabei noch als ein bescheidenes Rädchen des häuslichen Mechanismus agiere – in eine soziale Rolle schlüpfe, mich zum ersten Glied einer Verkettung von Operationen konstituiere, die für das kollektive Zusammenleben entscheidend sind, und damit meine Abhängigkeit von den Institutionen beglaubige, ohne deren Fürsorge ich, unter dem eigenen Unrat begraben, in meinem Einzelwesengehäuse verenden würde, introvertiert und (in mehr als einem Sinne) autistisch. Von hier muß ich ausgehen, um die Gründe zu klären, die meine *poubelle* wahrhaft *agréée* machen: nicht nur genehmigt, sondern vor allem mir genehm, von mir angenommen, wenn auch nicht unbedingt angenehm – so wie es nötig ist, das Unangenehme anzunehmen, ohne das nichts von dem, was uns genehm ist, einen Sinn hätte.

Andere Arten, sich der Abfälle zu entledigen, sind mir in Erinnerung: Schon als Bewohner großer Wohnblocks kannte ich das dumpfe Geräusch, mit dem der Inhalt des Mülleimers durch die dafür vorgesehenen Schächte stürzte, tief hinunter in die dunklen Krypten auf der Höhe des Hofes – ein Verfahren, das die geschickte Nutzung der Schwerkraft, deren sich als erste gewiß die Bewohner der Pfahlbauten zu bedienen wußten, mit jenem System der Entsorgung in abgelegenen Schluchten verbindet, das bereits von den Höhlenmenschen gepflegt worden war und die bekannten Mißhelligkeiten der übelriechenden Anhäufung bei verstopftem Abfluß aufweist.

Noch tiefer in der Erinnerung grabend, stoße ich auf das San Remo meiner Kindheit, und da kam der Müllmann noch mit dem Sack auf dem Rücken zu Fuß die gewundene Straße herauf bis zu unserer Villa, um die Abfälle aus dem großen Zinkeimer zu holen: Das herrschaftliche Leben schien auf ewig gewährleistet durch die Verfügbarkeit von Arbeitskräften und die niedrigen Löhne.

Jedoch in den endlosen Wohnvorstädten der individualistischen und prosperierenden, demokratischen und industriellen Zivilisation traten derweil zahllose immer gleiche Männchen aus immer gleichen Häuschen mit Gärtchen und Garage, um zahllose immer gleiche Mülltonnen eine neben die andere auf den Gehweg zu stellen: ein angelsächsisches Bild, das in die Frühzeit der Massengesellschaft zurückreicht, sich in meinen Erinnerungen jedoch mit meiner ersten Amerikareise verbindet, als ich noch in der Anarchie des freischweifenden Junggesellen lebte und diese familiären Pflichten meinen Gedanken gewiß noch fern waren, und es war Barolini, der mir die Regel, den *garbage* jeden Tag hinauszutragen, als eine der Grundregeln des *domestic life* erklärte, in Croton-on-Hudson. (Er war ein exemplarischer amerikanischer Familienvater, obwohl er selber kein Amerikaner war, der sich mit dieser Rolle erst in reifem Alter identifiziert hatte und dazu neigte, sich von außen zu beobachten, während er sie lebte.)

»Den *garbagio*«, wiederholte er immer in seinem Anglo-Venezianisch, als müsse er sich seine Aufgabe fest einprägen, »ich darf nicht vergessen, den *garbagio* rauszubringen.« Ich habe die Stimme des toten Freundes wieder im

Ohr, seit auch ich Familienvater geworden bin, gleichfalls mit einer ausländischen Familie, wenn auch nicht in einer grünen Vorstadt von New York, sondern in einem dichtbebauten Viertel an den Toren von Paris (aber ist es wirklich Paris? ich blicke aus einem Häuschen, das eher englisch als französisch anmutet, auf einen abgeschiedenen Hof, der *Square* genannt wird, vielleicht eher wegen des Hauchs von großer weiter Welt, der sich damit verbindet, als wegen des Grüns in den mageren Fliederbüschen an den Mauern), und auch ich bringe nun den *garbage-can* oder die *poubelle agréée* auf den Gehweg hinaus.

Zur freudigen Hinnahme dieser Regel war der Freund gewiß auf den Wegen des Christen gelangt. Und ich? Ich würde gern mit Nietzsche sagen können: »Ich liebe mein Schicksal«, aber es gelingt mir nicht, solange ich mir nicht die Gründe klarmache, die mich dazu bringen, es zu lieben. Das Hinaustragen der *poubelle agréée* ist kein Akt, den ich gedankenlos verrichte, sondern etwas, das wohlbedacht sein will und das in mir eine besondere Befriedigung des Denkens weckt.

Jedes Wort, über das man nachdenkt, oszilliert in einem geistigen Feld, in dem mehrere Sprachen interferieren. Hinter dem Französischen tritt das englische Verb *to agree* hervor: Um ein *agreement* zu respektieren, ein in wechselseitigem Einverständnis getroffenes Abkommen – das ist der Grund, aus dem ich diesen Gegenstand auf diesen Gehweg hinausstelle, mit allem, was der internationale Gebrauch des englischen Wortes impliziert.

Ein *agreement* mit wem? Mit der Stadt natürlich, der ich jährlich eine *taxe d'enlèvement des ordures ménagères* bezahle, eine Gebühr für die Beseitigung des Hausmülls, und die sich dafür verpflichtet, mich an jedem Tag des Jahres von dieser Aufgabe zu befreien – auch sonntags, nur nicht an einigen wenigen hohen Feiertagen –, sofern ich nur den ersten Schritt dazu tue und die vorgeschriebene Tonne zur vorgeschriebenen Zeit vors Haus bringe. Und hier begehe ich schon einen ersten Vertragsbruch, denn eigentlich ist es verboten, den Müll schon am Abend auf den Gehweg hinauszustellen, wo er dann erst am nächsten Morgen abgeholt wird; aber wenn ein Gesetzesartikel so inhuman ist, daß er mich zwingt, vor Tagesanbruch aufzustehen, fühle ich mich berechtigt, ihn mit einer gewissen Großzügigkeit auszulegen, wie eben bei einem stillschweigenden *agreement*, denn ich wohne in einer ruhigen Straße, wo ein nächtliches Hindernis auf dem Gehweg nicht weiter stört. Außerdem verlangt das ungeschriebene stärkere Gesetz, dem das Ritual unserer Alltagsverrichtungen gehorcht, daß die Ausscheidung der Abfälle des Tages mit dem Ende desselben zusammenfällt und daß man sich schlafen legt, nachdem man die möglichen Quellen schlechter Gerüche von sich entfernt hat (kaum sind die abendlichen Gäste gegangen, werden die Fenster geöffnet, die Gläser gespült und die Aschenbecher geleert; in der *poubelle* besiegelt die Schicht von Asche und Kippen die Akkumulation der Abfälle des Tages so ähnlich, wie in den geologischen Querschnitten die Ablagerungen der Eiszeiten eine Ära von der anderen trennen), und das tun wir nicht nur aus natürlichem Hygienebedürfnis, sondern auch, damit wir morgens beim Aufwachen einen neuen Tag beginnen können, ohne uns noch mit dem abplagen zu müssen, was wir am Abend zuvor für immer von uns haben abfallen lassen.

Das Hinaustragen der *poubelle* muß also gleichzeitig (denn so erlebe ich es) unter zwei Aspekten interpretiert werden: als Erfüllung einer Vertragspflicht und als ein

Ritus (wobei sich diese beiden Aspekte noch weiter vereinheitlichen ließen, da jeder Ritus ein Vertrag ist, aber einstweilen möchte ich – Vertrag mit wem? – nicht so weit gehen), ein Ritus der Reinigung, Ausscheidung der Abfälle meines Selbst, wobei es keine Rolle spielt, ob es sich dabei wirklich um diese konkreten Abfälle in der *poubelle* handelt, oder ob die konkreten Abfälle in der *poubelle* auf jeden anderen möglichen Abfall von mir verweisen; entscheidend ist, daß ich mit dieser meiner täglichen Geste die Notwendigkeit bekräftige, mich von einem Teil dessen, was mein war, zu trennen, die Hülle oder Larve oder ausgedrückte Zitrone des gelebten Lebens abzuwerfen, um seine Substanz zurückzubehalten und mich am nächsten Morgen wieder vollständig (ohne Reste) mit dem identifizieren zu können, was ich bin und habe. Nur wenn und indem ich wegwerfe, kann ich sicher sein, daß etwas von mir noch nicht weggeworfen worden ist und vielleicht nie weggeworfen werden muß.

Die Befriedigung, die ich dabei empfinde, ist mithin analog zu derjenigen, die man bei der Defäkation hat, wenn man spürt, wie der Darm sich entleert, wenn ich wenigstens momentan das Gefühl habe, daß mein Körper nichts anderes enthält als mich selbst und daß es keine mögliche Vermischung mehr gibt zwischen dem, was ich bin, und dem, was mir unwiderruflich äußerlich ist. Fluch des Verstopften (und des Geizigen), der sich aus Angst, etwas von sich zu verlieren, von nichts zu trennen vermag, der so lange Kot in sich anhäuft, bis er schließlich dazu gelangt, sich mit dem eigenen Kot zu identifizieren und sich darin zu verlieren.

Wenn das aber stimmt, wenn das Wegwerfen die erste unverzichtbare Bedingung des Seins ist, weil man immer das ist, was man nicht wegwirft, dann ist der erste körperliche und geistige Akt die Trennung zwischen dem, was von mir bleibt, und dem, was ich auf Nimmerwiedersehen in ein Jenseits dahinfahrenlassen muß.

Darum kann der Reinigungsritus des *enlèvement des ordures ménagères* auch als ein Opfer an die Unterirdischen angesehen werden, an die Götter des Verschwindens und des Verlusts, und somit als Erfüllung eines Gelübdes (wieder ein Vertrag). Der Inhalt der *poubelle* stellt jenen Teil unseres Seins und Habens dar, der täglich ins Dunkel versinken muß, damit ein anderer Teil unseres Seins und Habens dableibt, um das Licht der Sonne zu genießen, um wirklich zu sein und gehabt zu werden. Bis zu jenem Tag, an dem auch die letzte Stütze unseres Seins und Habens, unsere physische Person, zu einer toten Hülle wird, die ebenfalls abgeholt und zur Verbrennungsanlage abtransportiert werden muß.

Diese tägliche Darstellung des Abstiegs in die Unterwelt, dieses häusliche und städtische Begräbnis des Mülls ist demnach in erster Linie dazu gedacht, das Begräbnis der Person in die Ferne zu rücken, es aufzuschieben, wenn auch nur ein wenig, mir zu bestätigen, daß ich noch einen weiteren Tag lang Produzent von Abfällen gewesen und nicht selber Abfall bin.

Daher die zugleich düstere und euphorische Stimmung, die sich mit dem Abtransport des Mülls verbindet; derentwegen die Männer, die vorbeikommen, um den Müll in ihre malmenden Wagen zu kippen, uns nicht nur als Emissäre der chthonischen Welt erscheinen, als Totengräber der Dinge, Charons einer Unterwelt aus fettigem Papier und rostigem Blech, sondern auch als Engel, unverzichtbare Mittler zwischen uns und dem Himmel der Ideen, in dem wir uns unverdienterweise wiegen (oder zu wiegen meinen) und der nur fortbestehen kann, wenn wir nicht unter dem Müll begraben werden, den jeder Akt des Lebens unaufhörlich produziert (sogar der Akt des Denkens: die Gedanken, die ich hier mitteile, sind der Ertrag von Dutzenden zusammengeknüllter Bögen im Papierkorb), Vorboten eines möglichen Heils jenseits des Niedergangs jeder Art von Produktion und Konsum, Befreier vom Gewicht des Schutts der Zeit, schwarze und schwere Engel der Klarheit und Leichtigkeit.

Es genügt schon, daß ein Streik der Müllabfuhr ein paar Tage lang den Abfall vor unseren Türen sich aufhäufen läßt, und die Stadt verwandelt sich in eine stinkende Müllgrube, schneller als nach allen Prognosen werden wir durch unseren unaufhörlichen Ausstoß von Unrat erstickt, die technologische Panzerung unserer Zivilisationen erweist sich als brüchige Hülle, reißt mittelalterliche Perspektiven von Dekadenz und Pestilenz wieder auf.

Das kann man besonders gut in Italien sehen, als emblematisches Zeichen der langen Krise, aus der unsere Geschichte besteht. Die schlechte Verwaltung verzweigt sich über hundert offenkundige und verborgene Wege in unseren Rathäusern, aber stets sind es die Schlupfwinkel der Dezernate für »Städtische Sauberkeit« (*Nettezza Urbana*: die Stadtreinigung), in denen ununterdrückbar der Skandal ausbricht. Es ist, als träte in der Beziehung zum Müll eine Unstimmigkeit zutage, ein tief eingewurzeltes Laster des italienischen Geistes, oder eher des katholisch-italienischen, denn es ist charakteristisch für die christdemokratisch geführten Stadtverwaltungen, daß sie in diesem Strudel scheitern, vielleicht wegen eines religiösen Irrtums, eines Fehlers in der Moraltheologie und auch im Glauben, einer irrigen Vorstellung von der Rolle der Vorsehung und der Rolle des Menschen, einer Unterschätzung des sakralen Charakters der Operation des Müllfortschaffens (wie auch jedes anderen zivilen Dienstes) – nämlich daß die materielle Notwendigkeit nicht als ein Bereich des Prüfens und Entscheidens angesehen wird, sondern als eine Last, die wir seit dem Tage des Sündenfalls mit uns herumschleppen und angesichts deren jede Pflichtverletzung bloß eine läßliche Sünde ist, der man mit Nachsicht begegnen muß, da wir auf jeden Fall am Ende geläutert sein werden, ohne daß uns eine andere Rechtfertigung abverlangt wird als ein Akt formaler Frömmigkeit (und im politischen Leben die Stimmabgabe für die richtige Partei oder Strömung).

Daher kommt es, daß die Armee der *netturbini** (ein bürokratischer Neologismus, der schon die Idee des praktischen Dienstes in den Limbus der bloßen Zugehörigkeit zu irgendeiner öffentlichen Verwaltung abschiebt) sich in den kommunalen Bilanzen unbegrenzt ausdehnen kann, um feste Gehälter für eine Plethora von Klienten zu sichern, die nie in die höllisch-himmlischen Aufgaben der Mission eingeführt werden, mit der sie nominell betraut worden sind. Und daher kommt es auch, daß der große Purifikator, das essentielle Verdauungsorgan der Stadt, nämlich die Müllverbrennungsanlage, profanerweise nur als eine Gelegenheit für die üblichen Unterschlagungen bei Lieferungen und Auftragsvergaben betrachtet wird, ohne daß wir erschrocken innehalten vor ihrer symbolischen Tragweite, ohne daß wir uns selbst vor dem Richter-

* Italienischer Ausdruck für Müllmänner, abgeleitet von *Nettezza Urbana* für Städtische Müllabfuhr (A. d. Ü.).

stuhl dieser bedrohlichen Apparatur sehen, ohne daß wir uns fragen, von welchem Teil unseres Selbst wir fürchten oder hoffen, daß er zu Asche verbrannt werden wird.

Man muß allerdings auch sagen, daß in Paris die *éboueurs* nicht weniger häufig streiken (man nennt die Müllmänner offiziell *éboueurs*, wörtlich »Entschlammer«, in Erinnerung an ein unvorstellbares Paris, dessen Straßen voller Schlamm waren, zerfurcht von Wagenspuren, in denen der Pferdekot klebte), eine Folge der ständigen Unzufriedenheit einer frisch zugewanderten Arbeiterschicht, die gezwungen ist, die niedrigste und mühseligste Arbeit ohne regulären Arbeitsvertrag anzunehmen. Im Vergleich mit Italien kann man sagen, daß die Gründe entgegengesetzt, die Ergebnisse aber die gleichen sind: In der instabilen italienischen Wirtschaft wird ein Posten bei der städtischen Müllabfuhr als sicherer Arbeitsplatz und lebenslange Anstellung verteidigt; in der soliden französischen Wirtschaft ist das Einsammeln der Abfälle eine instabile Beschäftigung, die von denen verrichtet wird, die noch keine Wurzeln in der Metropole schlagen konnten, und die sich nicht anders regeln läßt als durch die wechselseitige Drohung mit Arbeitslosigkeit und mit Streik.

Es ist eine Eigenheit der Engel und der Dämonen, daß sie sich als Fremde präsentieren, als Besucher aus einer anderen Welt. So tauchen die *éboueurs* aus dem morgendlichen Nebel auf, ohne daß ihre Züge erkennbar werden: fahle Minen – die Nordafrikaner –, ein dünner Schnurrbart, eine Wollmütze auf dem Kopf; oder – bei den Schwarzafrikanern – nur das Weiß der Augen, das aus den im Dunklen verlorenen Gesichtern leuchtet; Stimmen, die das gedämpfte Rumpeln des Müllwagens übertönen mit Lauten, die für unsere Ohren unartikuliert klingen, aber uns beruhigen, wenn sie durch unseren Morgenschlaf dringen, um uns zu sagen, daß wir noch ein bißchen weiterschlafen können, da andere dabei sind, für uns zu arbeiten. Die soziale Pyramide wälzt ihre ethnischen Schichtungen unentwegt weiter um: In Paris ist der italienische Arbeiter inzwischen Kleinunternehmer geworden, der Spanier Facharbeiter, der Jugoslawe Maurer, der unqualifizierteste Arbeiter ist Portugiese, und wenn man zu denen gelangt, die Erde schaufeln oder die Straßen fegen, ist es immer das schlecht entkolonialisierte Afrika, das seine traurigen Augen vom Pflaster der Metropole hebt, ohne unsere Blicke zu kreuzen, als trennte uns immer noch eine unüberbrückbare Distanz. Und so hören wir im Halbschlaf, daß der Müllwagen nicht nur Abfälle zermalmt, sondern auch menschliche Leben und soziale Rollen und Privilegien, und daß er damit nicht aufhört, ehe er nicht die ganze Runde gemacht hat.

Eine direkte Beziehung zu den Müllmännern haben wir nur kurz vor Weihnachten, wenn sie kommen, um ihren Kalender zu bringen mit dem Aufdruck *Messieurs les Éboueurs du 14ème Vous Souhaitent une Bonne et Heureuse Année* und sich ihr Trinkgeld zu holen. Für den Rest des Jahres beschränkt sich die Kommunikation zwischen uns und ihnen auf den Inhalt der *poubelle*, der jedoch reich an Informationen ist, wenn man ihn Tag für Tag liest: die leeren Flaschen nach festlichen Abenden, die Verpackungen nach Einkäufen, die Seiten voller Streichungen, auf denen ein Schriftsteller sich damit abgeplagt hat, ein Prosastück über die *poubelles* zu Ende zu bringen. Indem er den Müllwagen füllt, besichtigt der Immigrant bei seiner ersten Arbeit die Metropole von ihrer Kehrseite: Er schätzt den Reichtum oder die Armut der Stadtteile nach der Qualität ihrer Abfälle ein, und er träumt durch sie vom Schicksal des Konsumenten, das ihn erwartet.

Dies ist der ökonomische Knotenpunkt dessen, was ich bisher juristisch als einen Vertrag und symbolisch als einen Ritus hatte verstehen wollen: Meine Beziehung zur *poubelle* ist die eines Menschen, für den das Wegwerfen die Aneignung vollendet oder beglaubigt, dem das Betrachten der Masse von Hülsen und Schalen, Verpackungen und Plastikbehältern die Genugtuung über den Konsum ihrer Inhalte wiederbringt, während der Mann, der die *poubelle* in den rotierenden Krater des Müllwagens kippt, aus ihr ein Bild von der Menge der Güter gewinnt, von deren Gebrauch er ausgeschlossen ist und die nur als unbrauchbare Hüllen zu ihm gelangen.

Aber vielleicht (kaum sieht der Diskurs einen optimistischen Schluß, schon läßt er sich in Versuchung führen), vielleicht ist ja dieses Ausgeschlossensein nur temporär: Die Anstellung als *éboueur* ist die erste Stufe eines sozialen Aufstiegs, der aus dem heutigen Paria ebenfalls einen Angehörigen der konsumierenden und ihrerseits wieder müllproduzierenden Massen macht, während andere Neuankömmlinge aus den »in Entwicklung befindlichen« Wüsten seinen Platz einnehmen, um die Tonnen zu be- und zu entladen. Demnach wäre die *poubelle* also auch für ihn *agréée*, für den Nordafrikaner oder Schwarzen, der sie im Morgennebel zur übelriechenden Mündung der rumpelnden Mühle hebt, und diese Mühle wäre dann nicht nur das letzte Ziel des industriellen Produktions- und Destruktionsprozesses, sondern würde auch den Punkt bezeichnen, an dem alles wieder von vorn beginnt, den Eintritt in ein System, das die Menschen verschluckt und sie neugestaltet nach seinem Bilde und Gleichnis.

An diesem Punkt tun sich dem Diskurs zwei divergierende Wege auf: eine Geschichte der befriedigten Integration des Parias, der sich anschickt, Paris vom äußersten Rand seiner Müllkippen her zu erobern, oder eine Geschichte von Umsturz und Revolution dieses Mechanismus, zumindest im Bewußtsein, eine Ausbreitung der Vibrationen des vor meinem Fenster stehenden Müllwagens, bis sie die seit Jahrhunderten festgefügten Fundamente der abendländischen Zivilisation erschüttern. Aber beide Perspektiven (beide Illusionen) treffen sich wieder an dieser *poubelle*, die uns genehm ist, aber mehr noch dem anonymen ökonomischen Prozeß genehm, der die fabrikneuen Produkte ebenso vervielfacht wie die ausgelaugten und wegzuwerfenden Überreste und der uns beide, mich und den Müllmann, nur an diese zu füllenden und zu leerenden Tonnen Hand anlegen läßt. Im Ritus des Wegwerfens würden wir gern, ich und der Müllmann, das Versprechen der Vollendung des Zyklus wiederfinden, das dem bäuerlichen Produktionsprozeß eigen war, in dem – wie erzählt wird – nichts verlorenging: Was in der Erde begraben wurde, stand wieder auf. (Jetzt schlägt der Diskurs den Weg der archaischen Beschwörung ein und ist nicht mehr zu halten.) Alles vollzog sich auf die einfachste und regulärste Weise: nach ihrem unterirdischen Aufenthalt kamen der Samen, der Dünger, das Blut der Opfer mit der neuen Ernte wieder ans Licht. Zwar vermehrt die Industrie heute die Güter rascher, als es die Landwirtschaft tat, aber sie tut es mittels der Profite und Investitionen: Das plutonische Reich, das durchquert werden muß, damit die Metamorphose erfolgt, ist die Höhle des Geldes, das Kapital, die Stadt des Unterweltgottes Dis, die für mich wie für den Müllmann unerreichbar ist (sei sie privat oder staatlich, das ändert nicht viel, wie wir inzwischen wissen), die von einem Höchsten Aufsichtsrat regiert wird, der nicht mehr plutonisch, sondern hyperuranisch ist und mit der Abstraktion der Zahlen in einer Höhe jongliert, die sternenweit von der klebrigen und gärenden Erdkrume entfernt ist, der ich und der Müllmann unsere Opfergaben aus leeren Blechdosen anvertrauen, unser Saatgut aus zerknülltem Papier, unsere Teilnahme an der schwierigen Zersetzung der synthetischen Stoffe. Vergeblich kehren wir, ich und der Müllmann, unser obskures Füllhorn um, die Wiederverwertung der Reste kann nur eine äußerliche Praxis sein, die am Wesen des Prozesses nichts ändert. Das Vergnügen, die vergänglichen Dinge (die Waren) wiedererstehen zu lassen, bleibt Privileg des Gottes Kapital, der die Seele der Dinge in Geld verwandelt und uns bestenfalls ihre sterbliche Hülle zum Ge- und Verbrauch überläßt.

Doch wie kann ich schließen, was der Mann denkt und sieht, der aus Afrika gekommen ist, um meine *poubelle* zu leeren? Ich spreche immer nur von mir selbst, es sind *meine* geistigen Kategorien, mit denen ich den Mechanismus zu begreifen versuche, dessen Teil ich bin (dessen Teile wir sind), auch wenn wir beide einen Ausgangspunkt gemeinsam haben: die Loslösung und bewußte Abwendung von einer in die Krise geratenen ursprünglich-bäuerlichen Lebensweise. Wenn die Ernteerträge abnehmen und der Mangel die Felder auslaugt, dann wird der bäuerliche Mensch – sagen die Ethnologen – von Angst und Schuldbewußtsein erfaßt und sucht nach einer Möglichkeit, seine Schuld zu sühnen. Ich weiß nicht, ob das auch für den *éboueur* gilt (vielleicht gibt es für den Fellachen gar keine Erinnerung an eine Zeit ohne Mangel, vielleicht ist der gläubige Muslim gegen Schuldkomplexe immun), aber sicher gilt es für mich. Das Schuldbewußtsein, das ich seit meiner Jugend mit mir herumschleppe, ist immer noch das des Gutsbesitzersohnes, der das Gut entgegen dem Willen des Vaters in fremde Hände gegeben hat, da er die Mythologie der Üppigkeit ebenso verworfen hat wie die strenge Ethik, in der er erzogen worden war: die Fülle und Vielfalt der Früchte, die nur die beharrliche Anwesenheit des Besitzer-Landwirts auf seinen Feldern der Erde entreißen kann, vereint mit einer alles andere ausschließenden Obstination sowie mit Initiative und Effizienz im Ausprobieren neuer Sorten und Anbauverfahren.

In dieser Küche im Herzen der Metropole, in die meine lange Flucht mich verschlagen hat, wird mir mein altes Drama noch einmal vorgeführt. Jede Familie ist ein Unternehmen, eine *Hazienda*, das heißt ein Ort des *Machens*, ein Ort des physischen und kulturellen Überlebens durch eine gemeinsame Arbeitspraxis, dank welcher ein wie immer auch reduzierter Zyklus der Produktion und des Konsums von Nahrungsmitteln abläuft. Und es sind die Normen meines Verhaltens in dieser elementaren Hazienda, die ich hier zu etablieren, in einem Vertrag oder *agreement* zu fixieren versuche. Um privat *agréé* zu sein, hantiere ich mit der öffentlich als *agréée* anerkannten Mülltonne, um *agréé* innerhalb des privaten Haushalts zu sein, in der stillschweigenden Verteilung der häuslichen Rollen, in der Orchestrierung der täglichen Suite des familiären Überlebens.

Einen Moment bitte, ich gehe rasch die *poubelle* ausleeren. Die *poubelle* ist das Instrument, das mir erlaubt, mich in eine Harmonie einzufügen, mich in Einklang mit der Welt zu bringen und die Welt in Einklang mit mir. (Der Vertrag betrifft also nur mich allein, er ist ein stillschweigendes Abkommen zwischen mir und mir selbst, mir und meinem inneren Gesetz oder kantianischen Imperativ oder Über-Ich). Diese Harmonie ist unmöglich. Die Lange Krise der Bürgerlichen Familie, die sich ein halbes Jahrhundert lang oder noch länger immer mehr zugespitzt hat, stürzt jetzt in ihre hektische Phase mit dem Verschwinden der Letzten Verbliebenen Dienstmädchen, jener äußersten Stützen der Institution. Die Arbeitsteilung zwischen Gleichen (wie zwischen dem Bärenjäger und seiner die Bären zubereitenden Frau in der urzeitlichen Höhle) scheint unauflöslich verbunden (vielleicht von Anfang an) mit der Arbeitsteilung zwischen Ungleichen (Herren und Knechten), bedenkt man, daß, wenn letztere in Frage gestellt wird, auch erstere sich als nicht praktikabel erweist. Die Rede, die der Chor Der Westlichen Frauen explizit oder stumm dem Chor Der Männer hält, lautet am Ende dieses Jahrtausends: »Ich kann einmal zum Festtag kochen und einmal, um mich auszudrücken, einmal um ein Wissen zu tradieren, einmal aus Notwendigkeit und einmal aus Liebe, aber ich werde nicht dreihundertfünfundsechzigmal im Jahr die Küche besorgen, weil beschlossen worden ist, daß meine Rolle die der Küchenbesorgerin sei und deine, dich an den gedeckten Tisch zu setzen.« Etwas Wesentliches hat sich im kollektiven Bewußtsein geändert, aber da sich in den praktischen Gewohnheiten bisher so gut wie nichts geändert hat, ist das Ergebnis eine ständige Wolke von schlechter Laune. Der Mann, egal welchen Beitrag zur familiären Bilanz er leistet, wird heutzutage, wenn er nicht zur Hausarbeit beiträgt, als Parasit betrachtet. Vielleicht wird man zu einem neuen Modus vivendi gelangen, zu einer Neuverteilung der Rollen; oder vielleicht ist gar kein Kompensationssystem mehr möglich, weder in der Familie noch anderswo. Vielleicht wird morgen auch im Restaurant der Gast nicht mehr einfach damit davonkommen, daß er die Rechnung bezahlt: Er wird erst beim Kartoffelschälen mithelfen müssen und dann beim Tellerwaschen.

Die Küche, die der fröhlichste Ort des Hauses sein müßte und es auch ist (zur Erinnerung: beim Abschreiben dieser Seite nicht vergessen, hier eine attraktive Beschreibung einzufügen: die schimmernden Hängeschränke, das leise Summen der elektrischen Geräte, der Zitronengeruch des Spülmittels), die Küche wird heute von der Frau als Ort ihrer Unterdrückung betrachtet und vom Mann als Ort seines schlechten Gewissens. Die einfachste Lösung wäre, die Rollen zu vertauschen: Mann und Frau kochen gemeinsam oder im Wechsel, oder einer der beiden kocht, während der andere saubermacht oder umgekehrt. Aber faktisch wird diese Lösung durch das Vorurteil behindert (und hiermit verlasse ich die allgemeine Ebene, um auf jenen Sonderfall zurückzukommen, der mein persönlicher Alltag ist), dem zufolge ich völlig unfähig bin, mich zwischen den Herdfeuern zu bewegen, weshalb man, sobald ich Anstalten mache, irgend etwas zu tun, mich beiseite schiebt in der Meinung, was immer ich tue, könne nur falsch oder unnütz, wenn nicht gefährlich sein. Wie alle Vorurteile ist auch dieses leicht tradierbar: Schon findet meine Tochter, die noch ein Kind ist, Grund zur Kritik an jeder meiner Gesten, wenn wir allein in der Küche sind, und zieht es vor, alles selber zu machen (und hernach ihrer Mutter detaillierte Berichte über meine Ungeschicklichkeiten zu erstatten). Ein solches Mißtrauen in meine Gaben enthebt mich freilich, so wie es mir schon immer den Mut zum Lernen genommen hat, nun auch der Rolle des

Lehrenden und Erziehers – man sieht also: das über Generationen akkumulierte Wissen streift und überholt mich, indem es mich ausschließt.

Alles bisher Gesagte wäre nichts, wenn ich nicht spüren würde, daß dieses mein Defizit als eine Schuld betrachtet wird, die sich mit anderen ebenso schuldhaften Seinsweisen meiner Person verbindet. Wenn ich in der Küche nichts zustande bringe, so liegt das daran, daß ich ihrer nicht würdig bin (dies der Sinn der Polemik, die ich auf mir lasten spüre), ganz so, wie der unwürdige Alchimist kein Gold zu erzeugen vermag und der unwürdige Ritter kein Turnier gewinnt. Auch meine Versuche, mich irgendwie nützlich zu machen, werden scheel angesehen: nicht als Beweise des guten Willens, sondern als Heuchelei, als Versuche, den Zuschauern Sand in die Augen zu streuen, als schauspielerischer Exhibitionismus. Auch die berühmten Guten Werke können mich nicht retten, nur die Gnade, die mir jedoch nicht gewährt worden ist und mir nicht zuteil werden wird. Wenn es mir gelingt, ein Omelett zu bereiten, ist das nicht der Anfang einer Entwicklung, eines inneren Wachstums – nie wird das Ding da ein Wahres Omelett sein, stets nur die Mystifikation eines Fälschers, der üble Trick eines Scharlatans. Die Küche ist ein Gottesurteil, eine Prüfung, in der ich ein für allemal gescheitert bin, da ich die Initiation nicht verdiene. Es bleibt mir nichts übrig, als mir andere Wege zu suchen, um mein Dasein auf dieser Welt zu rechtfertigen.

Ohne falsche Bescheidenheit kann ich sagen: Das Aktionsfeld, das meiner Begabung am besten entspricht, ist das der Transporte. Von einem Ort zum anderen zu gehen und dabei etwas zu tragen, sei es schwer oder leicht, über lange oder kurze Distanz – wenn ich mich in dieser Lage befinde, fühle ich mich mit mir selbst in Frieden, wie einer, dem es gelungen ist, seinen Taten eine Nützlichkeit oder jedenfalls ein Ziel zu geben, und für die Dauer des Transports empfinde ich ein seltenes Gefühl von innerer Freiheit, der Geist schweift unbeschwert umher, die Gedanken erheben sich zum Fluge. Ich gehe zum Beispiel gerne »Besorgungen machen«, Brot holen, Butter, Salat, die Zeitung oder Briefmarken. Ich sage »Besorgungen machen«, um eine Kontinuität herzustellen zwischen diesen meinen Beschäftigungen als Familienoberhaupt und denen, die mir anvertraut worden waren, als ich ein kleiner Junge war; ich könnte »einkaufen« sagen, aber das impliziert Initiativen, Entscheidungen, Risiken: die immer horrenderen Preise abzuschätzen und zu vergleichen, mit dem Metzger über den richtigen Schnitt des Fleisches zu diskutieren, die Angebote der Auslagen wahrzunehmen, die Salate, die exotischen Früchte, die Käsesorten. Gewiß ist »einkaufen gehen« der Ausdruck, den ich theoretisch am liebsten hätte, aber in der Praxis kann ich keinen Anspruch erheben, mit denen zu rivalisieren, die sich soviel natürlicher durch die Läden bewegen, mit soviel rascherem Blick, soviel mehr Erfahrung und Phantasie, praktischem Sinn und persönlicher Inspiration. Daher ist es klüger, meine Beziehungen zu den Märkten auf die Nothilfen zur Abdichtung eines Gedächtnislecks zu beschränken: den Zettel, auf dem geschrieben steht, was ich besorgen soll (*»un grand pot de crème fraîche«*) und wieviel (*»une livre de tomates«*) und manchmal auch, zu welchem Preis – ganz wie damals, wenn ich als kleiner Junge zum »Besorgungen machen« ausgeschickt wurde.

Die Einkaufstasche hängt in Paris vorwiegend an Männerarmen, jedenfalls scheint es dem Italiener so, der bei sich zu Hause gewohnt ist, die Märkte im wesentlichen von Frauen bevölkert zu sehen, und der hier wieder begreifen lernt, daß das Heranschaffen von Nahrung die erste Aufgabe des Familienoberhaupts ist. So tritt meine bäuerliche Vergangenheit im Kontext der Großstadt wieder zutage und erinnert mich an das Bild meines Vaters, der mit Körben beladen daherkam, stolz darauf, die Produkte des Gutes ins Haus zu bringen, Ausdruck seines Gefühls, sich als »Herr« wissen, im Sinne vor allem von »Herr seiner selbst«, von selbstgenügsamer Unabhängigkeit à la Robinson Crusoe, einer Unabhängigkeit auch von bezahlten Hilfskräften, auf die er nur zurückgreifen mußte, wenn weder seine eigenen Kräfte ausreichten noch die seiner ewig renitenten Söhne.

Ist es also der Saumpfad meiner abgelehnten Berufung als Gutsbesitzer, den ich in der Erinnerung nochmals beschreite, auf diesem Stück Trottoir im 14. Arrondissement zwischen der Drogerie und der Bäckerei und dem Obstladen? Nein, es ist ein anderer Weg meiner Jugend: der von unserer Villa in die Stadt hinunter, wenn ich den Umstand, daß ich zum »Besorgungen machen« losgeschickt worden war, als Vorwand zum Ausgehen nahm, wobei ich manchmal auch eine Vergeßlichkeit vortäuschte, um noch ein zweites Mal ausgehen zu können. Oft genug brauchte ich auch gar nichts vorzutäuschen, so zerstreut war ich und so uninteressiert am wahren Zweck meines Ganges, daß man mir viele Male wiederholen mußte, was genau ich besorgen sollte und wieviel und zu welchem Preis, und daß man mir das Geld abgezählt mitgeben mußte.

Ein Merkur auf Kurzstreckenflug ist es, der meine Schritte lenkte und immer noch lenkt, ein partieller Reflex jenes Gottes, der die Reichtümer dieser Welt vermittelt und bündelt und leider nur selten meine Verehrung belohnt, indem er sein volles silbernes Licht über mich ergießt. Oder wenn ich zu den Göttern der Unterwelt hinabsteige, in die düsteren Abgründe, in die die Reste des Lebens geworfen werden, dann ist es Merkur der Seelenführer, der mich begleitet und die Ladung der toten Gewichte zum Ufer des kommunalen Acheron bringt.

Ich kehre mit dem leeren Mülleimer in die Küche zurück und ersetze das Zeitungspapier, mit dem er ausgelegt war, durch neues Zeitungspapier. Diese Handlung sagt mir besonders zu, denn es befriedigt mich, den Zeitungen noch einen weiteren Nutzen zu geben, ihnen ein zusätzliches Stück Leben zu gewähren, nachdem sie so rasch veraltet sind. Gegenstand einer unbefriedigten Liebe oder nur einer neurotischen Fixierung, wird die Zeitung regelmäßig von mir gekauft, rasch durchgeblättert und beiseite gelegt, aber es widerstrebt mir, sie sofort wegzuwerfen, ich hoffe immer, daß sie in einem zweiten Turnus noch einmal nützlich wird, mir noch etwas zu sagen hat. Der Moment ihrer Auferstehung kommt genau dann, wenn ich ein Blatt vom Stoß der alten Zeitungen nehme, um die *poubelle* auszulegen, und wenn die verdrehten Überschriften in der konkaven Perspektive sich einer raschen zweiten Lektüre aufdrängen, während ich die rechteckige Fläche so gut wie möglich dem Inneren des Zylinders anpasse und ihre überstehenden Zipfel um den Rand biege. Für den kleinen Kücheneimer ist das Format von *Le Monde* ideal, während die größerformatigen italienischen Zeitungen in der Regel als Auskleidung der großen Tonne enden. Wenn ich es gut gemacht habe, bleibt die Auskleidung der Tonne mit Zeitungspapier nach deren Entleerung durch die *éboueurs* in derselben erhalten, und wenn ich dann morgens hinausgehe, um meine leere *poubelle* hereinzuholen, ist es diese große Beflaggung mit Schriftzügen in der Sprache Dantes, die sie mich zwischen ihren vielen Mitschwestern auf dem Gehweg erkennen läßt.

Seit ich diesen Text zu schreiben begonnen habe, den ich immer wieder zur Hand nehme und wieder weglege, sind schon drei bis vier Jahre vergangen, und vieles hat sich geändert, auch im Umgang mit den *poubelles*. Die Auskleidung mit Zeitungspapier ist nur noch eine Erinnerung an die Vergangenheit, auch ich benutze jetzt Plastiksäcke, die das Bild des städtischen Mülls verändert haben: Heute steckt er in glatten und glänzenden Hüllen, ein Fortschritt, den kein Nostalgiker der Vergangenheit oder Feind des Plastikmaterials leugnen wird, wie ich hoffe, auch wenn der darin verpackte Müll weiterhin als solcher erkennbar bleibt und die Berge auf den Gehwegen an Tagen, wenn die Müllabfuhr streikt, nicht minder verpestet sind. (Im Gegenteil, ich würde sagen, daß mittlerweile sogar der sauberste Plastiksack an Müll denken läßt, gleichgültig, was er enthält, da es immer das stärkere Bild ist, das sich durchsetzt.)

Weitere grundlegende Reform: der Abfluß des Spülbekkens in unserer Küche ist jetzt mit einem *broyeur* oder Zerkleinerer versehen, der einen Großteil der Nahrungsreste aufzulösen vermag (seltsamerweise aber nicht die Artischockenblätter, deren Fasern zwischen den Zähnen der Maschine hängenbleiben und sie verstopfen), und so hat sich auch unser Abfall verändert, insofern er weniger organische Überreste enthält.

Des weiteren haben wir den alten Mülleimer in der Küche, den grünen, durch einen neuen aus weißem Kunststoff ersetzt, dessen Deckel sich durch Drücken eines Pedals heben und senken läßt und der einen herausnehmbaren Eimer enthält. So ist es jetzt nur noch dieser Eimer, den ich hinuntertrage, um ihn in die größere Tonne zu entleeren, beziehungsweise nicht einmal mehr dieser Eimer, sondern der Beutel – ebenfalls aus Plastik –, den ich herausnehme, wenn er voll ist, um ihn anschließend durch einen neuen zu ersetzen. (Es ist eine Kunst, den Rand des Beutels so um den Rand des Eimers zu legen, daß er ringsum fest anliegt und nicht abrutscht, aber dann muß man die im Eimer verbliebene Luft herausdrücken, die den Beutel anhebt und wie ein Segel bläht.)

Den vollen Beutel hingegen schnüre ich mit dem Bändchen zu, das extra zu diesem Zweck unter ihm angeklebt ist; eine geniale Vorrichtung, dieses Bändchen, verdienstvoll wie jede kleine Erfindung, die uns das Leben erleichtert. (Es ist eine Kunst, den Beutel zuzuschnüren, wenn er zu voll ist, denn man muß ihn aus dem Eimer heben, um an das Bändchen heranzukommen, und hat man ihn einmal aus dem Eimer gehoben, weiß man nicht, wohin man ihn stellen soll und wie man vermeidet, daß der Müll überläuft und sich auf den Boden ergießt.) So trage ich nun den wie ein Weihnachtsgeschenk mit einem Schleifchen verschnürten Beutel hinaus und versenke ihn in der großen *poubelle*, die ihrerseits nun mit einem großen grauen Plastiksack ausgekleidet ist.

Gewiß werden dies nicht die letzten Neuerungen in der langen Reihe der Transformationen sein, die unsere Gewohnheiten bei ihrer Anpassung an die Zeiten erlitten haben und weiter erleiden werden, immer vorausgesetzt, daß unsere Tage noch fortdauern. Die Reform, die als notwendigste und dringendste ansteht, ist die einer Trennung des Mülls nach seinen verschiedenen Arten und deren Bestimmungsorten, Verbrennungs- oder Recyclinganlage, damit wenigstens ein Teil von dem, was wir den Schätzen der Welt entrissen haben, nicht für immer verlorengeht, sondern zurückfindet auf die Wege der Wiedergewinnung und Wiederbenutzung, der ewigen Wiederkehr des Vergänglichen.

Zu den Materialien, die zur Neige gehen können und deren Bewahrung mich unmittelbar betrifft, gehört das Papier, dieses zarte Produkt der Wälder, dieser Lebensraum des schreibenden und lesenden Menschen. Jetzt wird mir klar, daß ich diesen Aufsatz damit hätte beginnen müssen, die zwei Grundarten des Hausmülls zu unterscheiden und zu vergleichen: die Produkte des Kochens und die des Schreibens, den Inhalt des Mülleimers und den des Papierkorbs. Und zu unterscheiden und zu vergleichen, wie es jeweils dem ergeht, was beim Kochen und was beim Schreiben nicht weggeworfen wird, also dem Werk, sowohl dem der Kochkunst, das wir uns einverleiben, als auch dem des Schreibens, das, wenn ich es einmal abgeschlossen habe, nicht mehr Teil von mir ist und bei dem ich nicht wissen kann, ob es jemals zur Nahrung der Lektüre anderer werden und einen geistigen Stoffwechsel speisen wird, welche Veränderungen es im Durchgang durch andere Gedanken erleiden, wieviel es von seinen Kalorien weitergeben und ob es sie wieder in den Kreislauf einbringen wird und wenn ja, wie. Schreiben heißt, sich eines Besitzes entledigen, genau wie wegwerfen, ich entledige mich eines Haufens zusammengeknüllter Blätter und eines Stoßes vollgeschriebener Blätter, beide sind nicht mehr mein, ich habe sie abgelegt, ausgestoßen.

Das einzige, was mir bleibt und mir gehört, ist ein Blatt mit losen Notizen, die ich mir während der letzten Jahre unter dem Titel *La poubelle agréée* gemacht habe, um sie in einem Essay auszuführen: *Thema der Reinigung des Abfalls – Wegwerfen ist komplementär zur Aneignung – Inferno einer Welt, in der nichts weggeworfen würde – man ist, was man nicht wegwirft – Identifikation unserer selbst – Müllabfuhr als Autobiographie – Befriedigung durch Konsum – Defäkation – Thema der Stofflichkeit, Selbsterneuerung, bäuerliche Welt – Kochen und Schreiben – Autobiographie als Müllabfuhr – Überlieferung als Bewahrung* – und andere Stichworte mehr, deren Stellenwert und Zusammenhang ich nicht mehr rekonstruieren kann: *Thema der Erinnerung – Ausstoß der Erinnerung – verlorene Erinnerung – Bewahren und Verlieren dessen, was man verloren hat – was man nicht gehabt hat – was man zu spät gehabt hat – was wir mit uns herumschleppen – was uns nicht gehört – zu leben, ohne etwas mit sich herumzuschleppen (animalisch): man schleppt vielleicht noch mehr mit sich herum* – nur *für das Werk zu leben: man verliert sich, es kommt zum unbrauchbaren Werk, ich bin nicht mehr da.*

(Paris, 1974–76)

Aus dem Verschatteten

Wenn ich damals gefragt worden wäre, welche Form die Welt hat, ich hätte gesagt, sie sei schräg wie ein Hang, mit unregelmäßigen Höhenlinien, Vorsprüngen und Vertiefungen, denn ich fühle mich immer gewissermaßen wie auf einem Balkon, an eine Brüstung gelehnt, und ich sehe das, was die Welt enthält, sich rechts und links in verschiedene Entfernungen ausbreiten, über andere Balkone oder höher und tiefer gelegene Ränge eines Theaters, dessen Proszenium sich zum Leeren hin öffnet, zum Streifen des offenen Meeres unter dem von Winden und Wolken durchzogenen Himmel,

und so auch jetzt, wenn ich gefragt werde, welche Form die Welt hat, wenn das Ich-Selbst befragt wird, das in meinem Innern wohnt und die ersten Eindrücke von den Dingen bewahrt, muß ich antworten, daß die Welt aus vielen Balkonen besteht, die sich unregelmäßig über einen einzigen großen Balkon verteilen, der sich zum Leeren der Luft hin öffnet, zur Brüstung des schmalen Streifens Meer vor dem riesigen Himmel, und an jener Brüstung steht auch das wahre Ich-Selbst in meinem Innern, im Innern des vorgeblichen Bewohners komplexerer oder simplerer Formen der Welt, die aber stets aus dieser einen abgeleitet sind, sehr viel komplexer und zugleich sehr viel simpler, sind sie doch alle enthalten oder ableitbar aus jenen ersten Vorsprüngen und Abhängen, aus jener Welt unterbrochener und gekrümmter Linien, zwischen denen der Horizont die einzige kontinuierliche Gerade ist.

Ich werde also damit beginnen zu sagen, daß die Welt aus unterbrochenen und gekrümmten Linien besteht, mit Segmenten, die aus den Ecken fast jeder Stufe hervorsprießen, wie die Agaven, die oft über die Ränder wachsen, und mit senkrecht aufsteigenden Linien wie die Palmen, die ihren Schatten den Gärten oder Terrassen über denen spenden, in denen sie ihre Wurzeln haben,

und ich beziehe mich auf die Palmen jener Zeit, in der die Palmen gewöhnlich hoch und die Häuser niedrig waren, auch diejenigen Häuser, die senkrecht aufsteigend die Linie der Hangabstufungen schneiden, errichtet halb auf der unteren Stufe und halb auf der oberen, mit zwei Erdgeschossen, eins oben, eins unten, und so ist es auch heute noch, wo die Häuser gewöhnlich höher als alle Palmen sind und längere senkrechte Linien inmitten der unterbrochenen und gekrümmten Linien des Bodens zeichnen, auch jetzt haben sie noch immer zwei oder mehr Erdgeschosse, und so hoch sie sich auch erheben, immer gibt es noch eine Bodenhöhe, die oberhalb ihrer Dächer liegt,

so daß in der Form der Welt, die ich hier zu beschreiben versuche, die Häuser erscheinen, wie wenn man die Dächer von oben betrachtet, die Stadt da unten ist eine Schildkröte mit ihrem kariertem und gebuckeltem Panzer, und nicht weil die Ansicht der Häuser von unten mir nicht vertraut wäre, im Gegenteil, ich kann jederzeit die Augen schließen und weiß, daß hinter mir schräge hohe Häuser sind, die fast keine Tiefendimension haben, aber dann genügt ein Haus, um die anderen möglichen Häuser zu verdecken, ich kann die Stadt über mir nicht sehen und weiß nicht, ob sie da ist, jedes Haus über mir ist eine schräg an den Hang gelehnte rosa gestrichene Tafel, alle Tiefendimensionen sind in der einen Richtung zusammengepreßt, aber es ist nicht so, daß sie sich in der anderen ausdehnten, die Eigenschaften des Raumes variieren je nachdem, wie ich orientiert bin, in welche Himmelsrichtung ich sehe –

Es ist klar, daß ich, um die Form der Welt zu beschreiben, als erstes festhalten muß, in welcher Position ich mich befinde, ich meine nicht den Ort, sondern wie ich orientiert bin, in welche Himmelsrichtung ich sehe, denn die Welt, von der ich spreche, hat diese Besonderheit gegenüber anderen möglichen Welten, daß man in ihr immer weiß, wo Osten und Westen ist, zu allen Tages- und Nachtzeiten, und so sage ich nun als erstes, daß es gegen Mittag ist und ich hinausschaue, was soviel heißt wie, daß ich mit dem Gesicht zum Meer stehe, was soviel heißt wie, daß ich den Rücken zum Berg habe, denn dies ist die Position, in der ich für gewöhnlich mein inneres Selbst überrasche, auch wenn mein äußeres Selbst ganz anders orientiert ist oder auch gar nicht orientiert ist, wie es oft vorkommt, denn jede Orientierung beginnt für mich mit jener ersten Orientierung, die immer impliziert, daß ich links den Osten und rechts den Westen habe, und nur von hier aus kann ich mich in Beziehung zum Raum setzen und seine Eigenschaften verifizieren und die seiner Dimensionen –

Wenn ich also gefragt worden wäre, wie viele Dimensionen der Raum hat, wenn jenes Ich-Selbst gefragt würde, das auch heute noch jene Dinge nicht weiß, die man lernt, um eine Reihe von Konventionen mit den andern gemeinsam zu haben, darunter als erste die Konvention, der zufolge sich jeder von uns im Kreuzungspunkt dreier unendlicher Dimensionen befindet, aufgespießt von einer Dimension, die ihm vorn in die Brust eindringt und am Rücken wieder austritt, sowie von einer zweiten, die ihn seitlich von einer Schulter zur anderen durchquert, und von einer dritten, die ihn senkrecht vom Scheitel bis zur Sohle durchbohrt, eine Vorstellung, die man nur nach vielen Widerständen und Ablehnungen akzeptiert, aber die man dann immer schon gehabt zu haben vorgibt, weil alle anderen vorgeben, sie immer schon gehabt zu haben, wenn ich also antworten müßte auf der Grundlage dessen, was ich einfach dadurch gelernt hatte, daß ich mich umsah, gelernt über die drei Dimensionen, die für den, der im Kreuzungspunkt steht, sechs werden, vorne, hinten, oben, unten, rechts, links, und wenn ich so stehe, wie ich gesagt habe, mit dem Gesicht zum Meer und dem Rücken zum Berg,

dann ist das erste, was es zu sagen gibt, daß die Dimension »vorne« für mich nicht existiert, da unmittelbar vor mir die Leere beginnt, die dann das Meer wird, das dann der Horizont wird, der dann der Himmel wird, weshalb man auch sagen könnte, daß die Dimension »vorne« für mich mit der Dimension »oben« zusammenfällt, die für euch andere aus der Mitte eures Schädels kommt, wenn ihr aufrecht steht, und sich dann sofort im leeren Zenit verliert,

danach würde ich zur Dimension »hinten« übergehen, die bei mir nie sehr weit zurückreicht, weil sie auf eine

Mauer, einen Felsen, einen steinigen oder mit Büschen bewachsenen Hang stößt, ich spreche noch immer mit dem Rücken zum Berg, also mit dem Rücken nach Norden, weshalb ich von dieser Dimension auch sagen könnte, daß sie nicht existiert oder sich mit der unterirdischen Dimension des »Unten« vermischt, mit der Linie, die bei euch anderen aus den Fußsohlen kommen müßte, aber nicht sehr weit kommt, weil sie zwischen den Schuhsohlen und dem Bodenbelag keinen materiellen Platz zum Herauskommen hat,

und dann gibt es die Dimension, die sich nach links und rechts erstreckt und für mich mehr oder weniger identisch mit Osten und Westen ist, und diese kann nun wirklich auf beiden Seiten weitergehen, da die Welt beiderseits weitergeht mit ihren gezackten Konturen, so daß man auf jeder Ebene eine gedachte horizontale Linie zeichnen kann, die den Schräghang der Welt durchschneidet, wie jene Linien auf den altimetrischen Karten, die den schönen Namen Isohypsen tragen,

oder wie jene Kanäle, die das dünne Rinnsal der Wildbäche in horizontalen Gräben sammeln, um auf der einen oder anderen Seite die kultivierbaren Landstücke zu bewässern, die dem abschüssigen Gelände durch den Bau von Mäuerchen und Terrassen abgetrotzt worden sind,

aber auch wenn man diese Dimension weiterverfolgt, kommt man nicht sehr weit, denn früher oder später gelangt man im Westen ebenso wie im Osten an die Wasserscheide eines Bergrückens, und dann verliert sich die Linie entweder in der Luft des Himmels und vermengt sich mit der erstgenannten Dimension, oder sie geht auf der anderen Seite weiter als brave Isohypse, die den Aus- und Einbuchtungen folgt und den Tälern innerhalb dieser Aus- und Einbuchtungen, bis sie auf Vorgebirge stößt, die sich weiter als andere Vorgebirge ins Meer vorschieben und größere Buchten begrenzen, welche die inneren Buchten umfassen und so weiter, bis klar ist, daß dieses System von Buchten innerhalb anderer Buchten, die morgens golden und abends azurblau nach Westen hin schimmern, oder morgens blaßgrün und abends grau nach Osten hin, auf der ganzen Länge der Meere und Küsten so weitergeht, um schließlich das ganze Meer in einer einzigen Bucht zu umfassen,

weshalb man als Form der Welt auch die der Bucht betrachten kann, die ich vor mir habe, begrenzt vom Vorgebirge im Osten und dem im Westen, und wenn nicht von einem Vorgebirge, dann jedenfalls von dem, was mein Blickfeld auf der einen und auf der anderen Seite begrenzt, ein Bergrücken, der Stamm eines Ölbaums, die zylindrische Oberfläche einer Betonzisterne, eine Ginsterhecke, eine Araukarie, ein Sonnenschirm oder was sonst die beiden Kulissen sein mögen, die den Bühnenraum begrenzen, in dessen Mitte ich mich befinde, den Rücken zu einem hohen Prospekt gewandt und den Blick zur Rampe des leuchtenden Horizonts –

Ich habe erneut Metaphern aus der Welt des Theaters benutzt, obwohl sich in meinen Gedanken von damals das Theater mit seinen Samtstaffagen nicht mit jener Welt aus Pflanzen und Winden verknüpfen konnte und obwohl auch heute ja das, was einem beim Wort Theater in den Sinn kommen kann, nämlich ein Innenraum, der vorgibt, die äußere Welt in sich zu enthalten, die Piazza, das Fest, den Garten, den Wald, die Mole, den Krieg, das genaue Gegenteil dessen ist, was ich hier zu beschreiben versuche, nämlich einen Außenraum, der jede Art von Innen ausschließt,

eine ganz und gar offene Welt, die einem das Gefühl gibt, im Geschlossenen zu sein, während man im Freien ist, denn das Stück Erde des einen öffnet sich auf das Stück Erde des anderen, von dem es nicht durch Umfassungsmauern, sondern durch Stützmauern abgeteilt ist, und jeder von uns steht auf seinem Stück Erde, betrachtet jedoch die anderen, die jeder auf ihrem Stück Erde stehen, und keiner verläßt das seine, ist jedoch immer unter den Augen der anderen,

ein Raum, der Außenraum ist, auch wenn er im Innern eines Innenraums ist, Hühner- und Kaninchenställe sind hinter dem Maschendraht zu erkennen, Gartenhäuschen, Lauben, Schuppen, Buden, jedes Bassin spiegelt wider, was sich über ihm befindet, Außentreppen verbinden Altane, auf deren Fenstersimsen Basilikum in Blumentöpfen wächst, ein Dorf ist ein Pinienzapfen ganz aus Arkaden und Fenstern, das Fenster rahmt die Kommode mit dem Spiegel, über den eine Wolke zieht –

Man müßte auch sagen, um jedes Mißverständnis auszuräumen, das sich beim Wort Theater einstellen kann, ein Theater ist so gebaut, daß eine möglichst große Anzahl von Augen ein möglichst freies Blickfeld hat, mit anderen Worten, daß alle möglichen Blicke zusammengefaßt und gelenkt werden wie im Inneren eines einzigen

Auges, das sich selber betrachtet, das sich in der Iris seiner eigenen Pupille gespiegelt sieht,

während ich hier von einer Welt spreche, in der alles zu sehen und zugleich nicht zu sehen ist, da alles vorspringt und verbirgt und sich zeigt und verhüllt, die Palmen öffnen und schließen sich wie ein Fächer über den Masten der Segelboote, die Fontäne eines Wasserschlauchs erhebt sich und bewässert ein unsichtbares Anemonenfeld, ein halber Autobus biegt um die halbe Kurve der Fahrstraße und verschwindet zwischen den Stacheln der Agave,

mein Blick ist zersplittert zwischen verschiedenen Ebenen und Entfernungen, er gleitet über eine schiefe Reihe von Matten und Treibhausscheiben, streift ein ganz mit Schnüren und Stöcken übersätes Feld am Hang gegenüber, verkürzt sich wieder auf den Vordergrund, in dem ein Mispelblatt direkt vor mir an einem Zweig hängt, wechselt von der Wolke eines grauen Ölbaums zu einer weißen Wolke, die über den Himmel zieht, dann ist da riesig und schwefelgrün vor meinen Augen ein Tomatenstrauch an einem Gerüst aus Rohr, dann ein kleines Ziegeldach jenseits des Baches, von dem eine Reihe von Kakipflaumenbäumen ausgeht, deren gelblich-rote Früchte ich zählen kann, auch auf diese Entfernung,

und man müßte auch präzisieren, was ein Theater hinsichtlich der Töne ist, ein Ort der größtmöglichen Aufnahmefähigkeit des Gehörs, ein großes Ohr, das alle Schwingungen und Noten in sich umschließt, Ohr und zugleich ans Ohr gehaltene Muschel, während ich hier von einer Welt spreche, in der die Töne sich andauernd brechen, während sie über die Unebenheiten des Geländes auf- und absteigen oder Kanten und Hindernisse umgehen, und in der sie verklingen oder sich ausbreiten, unabhängig von der Entfernung, der Dialog zweier Frauen, die sich auf halber Höhe eines Weges mit Stufen begegnen, verklingt gleich über den Körben, die sie auf den Köpfen tragen, aber vom Hügel gegenüber tönen die Rufe »Uuuuh! Aaaa! Oioi!« herüber, durchqueren die Luft wie Perlen einer Kette, die an der Schnur herabsausen, der Raum besteht aus sicht- und hörbaren Punkten, die sich ständig miteinander vermischen, aber nie ganz zusammenfallen,

und nur bei Nacht finden die Töne ihre Orte im Dunkeln, messen ihre Distanzen, die Stille in ihrem Gefolge beschreibt den Raum, die schwarze Tafel der Dunkelheit ist übersät mit tönenden Punkten und Schraffuren, das hingetüpfelte Bellen eines Hundes, das dumpfe Abbrechen eines alten Palmenblattes, die gestrichelte Linie des Zuges, ein wenig verwischt, ein wenig verdickt an den Ein- und Ausgängen der Tunnels, und kaum ist der Zug nicht mehr zu hören, erscheint das Meer wie ein weißer Schatten an der Stelle, wo der Zug verschwunden ist, und läßt sich eine halbe Minute lang hören, und dann ist Ruhe,

und schon beeilen sich die fernen und nahen Hähne, die Perspektive zu ziehen, die alle Lautzeichen im Dunkeln rahmt, ehe der Schwamm der Dämmerung über die Tafel wischt und sie von einer Seite zur anderen grau färbt, und im Licht des Tages gibt es keinen Ton mehr, von dem man sagen kann, woher er kommt, das Quietschen der Autoreifen auf dem Asphalt verfängt sich im Dröhnen des Motorrads, das Kreischen des Sägewerks umfängt die Glöckchen des Karussells, für den reglos Beobachtenden zerbröckelt die Welt diskontinuierlich vor seinen Augen und Ohren in die Geröllawine der Zeit und des Raums –

Für den reglos Beobachtenden ist das einzige kontinuierliche Element der Bogen, den die Sonne aufsteigend und niedergehend von links nach rechts beschreibt, von der Sonne kann man immer sagen, wo sie ist, auch wenn sie nicht scheint, von jedem Ding, auch wenn man seine Entfernung und seine Form nicht bestimmen kann, kann man doch immer wissen, wie sein Schatten sich bewegt, sich verkürzt oder sich verlängert, von jeder Farbe, deren Farbe man nicht benennen kann, kann man doch immer voraussehen, wie ihre Farbe sich verändern wird je nach dem Einfall der Sonnenstrahlen,

die Sonne ist im Grunde nur das Verhältnis der Welt zur Sonne, das sich nicht ändert, wenn man den konkaven Bogen, den die Sonne beschreibt, als einen konvexen Bogen betrachtet, es ist das Verhältnis einer Strahlenquelle, egal ob mobil oder feststehend, zu einem Körper oder Ensemble von Körpern, egal ob feststehend oder mobil, von dem die Strahlen empfangen werden, mit anderen Worten, die Sonne besteht aus den Eigenschaften der von der Welt empfangenen Strahlen, die aus einer »Sonne« genannten Quelle kommen, von der man geblendet wird, wenn man sie fixiert, und der ein Wolkenfetzen genügt, um sich dahinter zu verbergen, ja ihr genügt eine Schicht etwas dickerer Luft oder Wasserdampf, um blasser zu werden und sich zu verschleiern, bis sie verschwindet, oder auch nur ein bißchen Dunst, der aus dem Meer aufsteigt, in jedem Fall also ist es nicht die hypothetische Existenz dieser Quelle, auf die es ankommt, sondern die Art, wie ihre Strahlen auf die Erdoberfläche treffen, entweder direkt mit verschiedener Intensität, Neigung und Frequenz oder indirekt über wechselnde Brechungswinkel und je nachdem, ob sie vom glitzernden Spiegel des Meeres reflektiert werden oder von der aschgrauen steinigen Küste, wie wenn in den Buchten das westliche Ufer nicht mehr vom Licht der untergehenden Sonne erreicht wird, wohl aber vom Widerschein des noch sonnenbeschienenen Ostufers,

oder statt an die Strahlenquelle oder die Strahlen selbst oder die sie empfangenden Flächen zu denken, kann man sich auch an die Schattenflecken halten, das heißt, an die Stellen, die nicht von den Strahlen erreicht werden, und an die Art, wie der Schatten proportional zum Hellerwerden der Sonne an Konturenschärfe zunimmt, wie morgens der Schatten eines Feigenbaums mit dem Höhersteigen der Sonne von zart und ungewiß zu einem präzisen, Blatt für Blatt genau wiedergebenden Schattenriß des Baumes wird, der sich zu Füßen des Baumes in Grün fortsetzt, jenes Tieferwerden des Schattens als Bezeichnung des leuchtenden Grüns, das der Feigenbaum Blatt für Blatt auf seiner der Sonne zugewandten Seite enthält, und je tiefer das Schwarz des Schattens auf dem Boden wird, desto mehr zieht es sich zusammen und schrumpft, als würde es von den Wurzeln eingesogen, vom Fuß des Stammes verschluckt und den Blättern zurückgegeben, verwandelt zu milchigem Saft in den Äderungen und Stengeln, bis dann beim höchsten Stand der Sonne der Schatten des senkrechten Stammes verschwunden ist und der Schatten des Blätterschirms sich unter dem Baum zusammenkauert, auf dem faulenden Matsch der abgefallenen reifen Feigen, um zu warten, bis der Schatten des Stammes wieder hervorwächst und ihn von der anderen Seite her bedrängt und immer länger wird, als wäre die Gabe des Wachstums, auf die der Baum als feigentragende Pflanze verzichtet hat, auf dieses Phantom von Pflanze am Boden übergegangen, bis schließlich die anderen Pflanzenphantome so groß geworden sind, daß sie ihn bedecken, bis der Hang, der Hügel, die Küste alle Schatten zu einem einzigen See verfließen lassen –

Also könnte ich meine Beschreibung auch auf die Flekken beschränken, die sich je nach Tageszeit ausdehnen und zusammenziehen in einer rotierenden Bewegung, die durch die unterschiedlichen Höhen und Neigungswinkel unregelmäßig und buntscheckig wird, mal verschlucken und mal enthüllen sie Weinberge, Samenbeete, gelbe Ringelblumenfelder, schwarze Magnoliengärten, rote Steinbrüche, Märkte, überall hat der Schatten seine Treffpunkte und seine Wege, hier hat er das Recht, über ganze Seitentäler zu herrschen, dort kann er nur Fetzen von sich hinter einer Gießkanne oder einem Schubkarren retten, jeder Ort läßt sich anhand einer Skala definieren, die von den Stellen, wo die Sonne nie hinscheint, bis zu denen reicht, die von morgens bis abends im Sonnenlicht liegen –

Opaco – im Dialekt *ubagu* – nennt man bei uns den Ort, wo die Sonne nicht scheint (in gutem Toskanisch, mit einem etwas gewählteren Ausdruck, *a bacio*, »nach Norden, auf der Schattenseite gelegen«), während der sonnenbeschienene Ort *a solatìo* oder *aprico* – im Dialekt *abrigu* – heißt. Da nun die Welt, die ich hier beschreibe, eine Art Amphitheater ist, dessen konkave Seite sich nach Süden öffnet und dessen konvexe Seite, also die nach Norden gewandte, nicht zu dieser Welt gehört, stehen sich in ihr die extreme Rarität des »Opaken« oder Verschatteten und die größte Ausdehnung des »Apriken« oder Besonnten gegenüber,

oder um es mit einer Metapher aus der Tierwelt zu sagen, wir befinden uns in einer Welt, die sich streckt und windet wie eine Eidechse, um soviel wie möglich von ihrer Oberfläche der Sonne auszusetzen, die den Fächer ihrer Saugfüße auf der sich erwärmenden Mauer spreizt und den Schwanz mit winzigen Zuckungen vor dem unmerklich vorrückenden Schatten wegzieht, im Bestreben, das Besonnte mit dem ganzen Dasein zusammenfallen zu lassen,

im Bestreben, das Besonnte mit dem Kampf ums Dasein zusammenfallen zu lassen und dann sofort mit dem größtmöglichen Profit, indem man die Hänge für das geometrische Reich der Nelken planiert, die ihre quadratischen Legionen in dichten Reihen zur Sonne vorrücken lassen, oder indem man die Mauern der Wohnblöcke hochzieht, kariert mit Fenstern, die einander den Platz und die Aussicht streitig machen –

Nur auf dem Grund der Wildbäche zwischen dem Schilfrohr mit seinem Rascheln wie von Papier oder in den V-förmig eingeschnittenen Tälern oder hinter den Gipfeln, die über den Hügeln hervorragen, und weiter hinten in den gestaffelten Ausläufern des Gebirges parallel zur Küste gibt es jenes Dunklerwerden des Grüns, jenes Auftauchen von Felsen aus dem ausgewaschenen Erdreich, jene Nähe der von unten aufsteigenden Kälte und jenes Fernsein nicht nur vom unsichtbaren Meer, sondern auch vom unerbittlichen Blau des lastenden Himmels, jenes Gefühl einer mysteriösen Grenze zur weiten und fremden Welt, das nichts anderes ist als das Gefühl, ins Opake einzutreten, *int'ubagu*, in die schattige Kehrseite der Welt,

weshalb ich dieses *ubagu* auch definieren könnte als die Mitteilung, daß die Welt, die ich hier beschreibe, eine Kehrseite hat, eine Möglichkeit, mich anders ausgerichtet und orientiert zu finden, in einer anderen Beziehung zum Lauf der Sonne und zu den Dimensionen des unendlichen Raumes, was darauf hindeutet, daß die Welt einen Rest der Welt voraussetzt, jenseits der Barriere von Gebirgen, die sich hinter mir staffeln, eine Welt, die sich im Opaken fortsetzt mit Dörfern und Städten und Hochebenen und Wasserläufen und Sümpfen, mit Gebirgsketten, die nebelerfüllte Hochtäler bergen, ich spüre diese Kehrseite der Welt, die sich hinter der dichten Masse von Erde und Felsen verbirgt, und schon dröhnt mir das Schwindelgefühl in den Ohren und drängt mich zu einem Woanders –

Demnach müßte ich diese in Abwesenheit der Welt vorgenommene Rekonstruktion der Welt jetzt noch einmal damit beginnen, daß ich sage, ich drücke mich in meiner eidechsenhaften Reglosigkeit flach an den Steilhang *int' ubagu*, aber zugleich fühle ich mich auch schwindeleregend zu einem Woanders gedrängt, und so müßte ich hier eine Klammer aufmachen, um zu unterscheiden zwischen einem Woanders als absolut Sonnigem, das sich zum Meer hin öffnet, auf dem ferne Schiffe ihre Furchen ziehen, und einem Woanders als absolut Schattigem, das sich vor denen auftut, die von einem höchsten Grat hinab Ausschau halten,

oder vielleicht konvergieren die beiden Woanders auch, das Schiff, das ich zum Horizont fahren und im Sonnenreflex verschwinden sehe, wird in schattigen Häfen landen, wird graue Hafenkais auftauchen sehen an einem nebligen Morgen, während die Lichter der Docks noch brennen,

und der Jäger, der den Saumpfad zwischen den Heidekräutern hinaufsteigt, in den Wald eindringt, über den Bergrücken steigt, an einem geschützten Wasserloch vorbeikommt, Steine in die Büsche kickt in der Hoffnung, ein Rebhuhn aufzuscheuchen, Almwiesen hinunterläuft, über einen Steilhang klettert, den Weg der Zugvögel sucht, die Kante sucht, hinter der sich der Blick auf ein Land ohne Grenzen auftut, den Grat der Grate, die Wasserscheide der Wasserscheiden, das Dach der Welt, von wo aus er hinunterschauen und den Blick hinter den großen Schattenflügel gleiten lassen kann, bis er ein Thule mit goldenen Toren erblickt, ein Helsinki mit seinem weißem Platz, die sonnenbeschienene Stadt an eisigem Golf –

Und selbst wenn man sich den Beobachter reglos vorstellt wie zu Beginn, bleibt seine Lage bezüglich des Schattigen und des Sonnigen kontrovers, denn mein zur Sonne gewandtes Ich sieht von jedem Brückenpfeiler, von jedem

Baum oder Dach immer nur die schattige Seite, während im vollen Sonnenlicht die Mauer oder der Hang liegt, dem ich den Rücken zuwende, die von Bougainvillea überwucherte Mauer, der mit Euphorbiasträuchern bewachsene Hang, die Feigenkaktushecke, das Kapernsträucherspalier,

aber nicht das ist es, was zählt, denn selbst angenommen, ich blicke weiter zum Ausgang eines Tals und habe den steilen schattigen Wildbach im Rücken, beweist doch nichts, daß ich mich anschicken würde, immer mehr ins Freie zu treten, anstatt mich immer mehr zurückzuziehen, weshalb es richtig ist zu sagen, daß mein dem Besonnten zugewandtes Ich auch eines ist, das sich in den Schatten zurückzieht,

und wenn ich von dieser Anfangsposition aus die späteren Phasen desselben Ich betrachte, kann jeder Schritt nach vorn auch ein Rückzug sein, die Linie, die ich ziehe, wendet sich mehr und mehr ins Opake, und es ist müßig, daß ich mich zu erinnern versuche, an welchem Punkt ich in den Schatten getreten bin, ich war von Anfang an drinnen, es ist müßig, daß ich am Grund des Opaken nach einem Ausgang aus dem Opaken suche, ich weiß nun, daß die einzige Welt, die es gibt, das Verschattete ist, und das Besonnte ist nur seine Kehrseite, das Besonnte, das sich opakerweise bemüht, sich selbst zu multiplizieren, aber dabei nur die Kehrseite seiner eigenen Kehrseite multipliziert –

»D'int'ubagu«, vom Grund des Opaken, im tiefsten Schatten schreibe ich, um die Karte eines Besonnten zu

rekonstruieren, das nur ein unbeweisbares Axiom für die Rechnungen der Erinnerung ist, der geometrische Ort des Ich, eines Selbst, dessen mein Ich bedarf, um sich als Selbst zu wissen, das Ich, das nur da ist, damit die Welt ständig Nachrichten von ihrem Dasein erhält, eine Vorrichtung, die der Welt zur Verfügung steht, damit sie weiß, ob es sie gibt.

(1971)

Jean Starobinski

Italo Calvino

Die Anziehungskraft des Erzählten ist bei Calvino von Anfang an da. Was er uns über seine Kindheit mitteilt, was man von seiner Lektüre weiß und von den ersten Seiten, die er geschrieben hat, läßt daran keinen Zweifel. Von allem war er fasziniert, wodurch er an einer Geschichte teilnehmen konnte: von Bilderbüchern, Filmen und Erzählungen. Früh erzählt er sich selbst Geschichten und verspürt das Verlangen, sie anderen mitzuteilen. Geschichten, das heißt Augenblicke, die sich verketten, Ereignisse, die sich in der Zeit anordnen und Personen auftreten und verschwinden lassen, die all das fühlen, wollen, vollbringen oder erleiden, was die Einbildungskraft oder die Wirklichkeit Wesen unserer Art zuschreiben kann. Geschichten, das heißt Welten und Leben, die den unseren ähnlich sind und doch vollkommen verschieden, denn sie finden anderswo statt, im Raum der Vorstellung, und werden unser eigen nur im Klang der Stimme, auf dem Blatt Papier oder auf der Filmleinwand – stets dazu bestimmt, wie lebendig sie auch sein mögen, nur Zeichen und Trugbilder zu sein. Eine Geschichte lesen heißt, vorläufig einer Vergangenheit Glauben zu schenken, die verlangt, daß man ihr aufs Wort glaube; der naive Leser oder Hörer wird durch die Vorstellung von einem Anfang gefesselt, der eine Fortsetzung, ein Ende haben wird. Er wird, wie man sagt, in Atem gehalten. Die Ungeduld, die Spannung und die Neugier auf eine imaginäre Zukunft schlagen den Liebhaber von Geschichten in Bann. Wie hoch auch immer der Grad der Unwirklichkeit der Fiktion sein mag, die Erwartung, die sie hervorruft, ist ein ganz reales Gefühl, ein mit Sorge vermischtes Vergnügen, das auf die Auflösung gespannt ist, aber ihr Eintreffen bedauert und den Anfang einer anderen Erzählung, einer weiteren Geschichte verlangt. Das Begehren wünscht, daß das Gewirr unzähliger Geschichten abgehaspelt wird. Die Einmaligkeit des »Es war einmal« muß einer unendlichen Vervielfältigung fähig sein. Jede einzelne Geschichte – das wußte Calvino sehr wohl – kann sogleich in die Liste der vielfachen Summe der Geschichten eingetragen werden, die einander ohne Ende abwechseln, von Variante zu Variante und von einer Überraschung zur anderen. Calvinos Vorliebe für Ariost und die Art, wie er ihn kommentiert, neu schreibt und seine Formen (die ihrerseits auch schon abgeleitet sind) verwendet, um neue Ableitungen zu schaffen, sind dafür außerordentlich aufschlußreich. Um nur zwei von hundert anderen Beispielen zu nennen: Im *Ritter, den es nicht gab* geht Bradamante auf neue Abenteuer und neue Liebschaften aus, und der Palast der Alcina wird ohne Schwierigkeiten zu dem der Witwe Priscilla, aber der allzu vertrauensvolle Ruggiero ist zum unzerstörbaren, körperlosen Agilulf geworden. Wenn man einen so erfindungsreichen Text wie den Ariosts so liest, wie Calvino ihn zu lesen versteht, ruft er Vervielfachungen in unbegrenzter Zahl hervor.

Freilich war Calvino nicht nur von allen Formen des Erzählens zuinnerst angezogen: er wurde bald zum Betrachter des Vergnügens, das er an allen Arten von Geschichten hatte, er empfand sehr bald die Neugier zu wissen, woher die Geschichten kommen (analog zum kindlichen Wunsch, zu wissen, »woher die Kinder kommen«, worin die Psychoanalyse die Quelle alles Erkennenwollens erblickt). Diese Neugier mußte sich notwendig auf die Urformen des Erzählens richten, auf Märchen und Fabeln. Daß Calvino Vorworte zu Märchensammlungen verfaßte und Märchen umschrieb, vor allem die *Fiabe italiane*[1], das Verfahren des *Pentamerone* kommentierte, mit dem Text des Ariost spielte, so wie dieser mit den alten Epen und mit Boiardo gespielt hatte: all das ist eine Rückkehr zu den Quellen und eine Huldigung an altüberlieferte Urtypen. In den *Sechs Vorschlägen für das nächste Jahrtausend*, worin Calvino seine gesamte Erfahrung und alle seine Überzeugungen zusammenfaßt, fehlt weder der Verweis auf die Märchen noch die Analyse ihrer Funktionsweise, ihrer Wortökonomie, ihrer Ordnung der Sequenzen, die über die Zeitdauer teils mittels extremer Verkürzung, teils mittels unbegrenzter Ausdehnung verfügt. Sowohl die Verkürzung wie die unbegrenzte Ausdehnung können, sagt Calvino, als Allegorie der Beziehung zwischen der Erzählzeit und der wirklichen Zeit angesehen werden:

»Scheherazade erzählt eine Geschichte, in der eine Geschichte erzählt wird, in der eine Geschichte erzählt wird, und so weiter. Die Kunst, die es Scheherazade erlaubt, jede Nacht von neuem ihr Leben zu retten, besteht in der Fähigkeit, ununterbrochen eine Geschichte mit der anderen zu verketten und dann im richtigen Augenblick aufzuhören – zwei operative Eingriffe in die Kontinuität und

1 Die Originalausgabe erschien 1956 in Turin. Eine Auswahl ist enthalten in *Italienische Märchen*, Zürich 1975, und in *Die Braut, die von Luft lebte*, München/Wien 1993 (A. d. Ü.).

die Diskontinuität der Zeit. Es ist ein Geheimnis des Rhythmus, ein Festhalten der Zeit, das wir vom ersten Moment an erkennen können: in der Epik am Effekt des Versmaßes, in der erzählenden Prosa an den Effekten, die uns begierig auf die Fortsetzung machen.«[2]

Die Rahmenerzählung von *Tausendundeiner Nacht* läßt uns nicht nur das Verfahren begreifen, dank dessen die Geschichten sich vervielfältigen. Sie läßt uns darüber hinaus deutlich einen der wichtigsten Gründe wahrnehmen, warum man überhaupt Geschichten erfindet. Der Sultan Schahriyar, der von seiner vorigen Gemahlin betrogen wurde, hat sie töten lassen. Eifersüchtig und melancholisch, hat er zwar nicht auf das Vergnügen verzichtet, aber er hat beschlossen, sich am weiblichen Geschlecht zu rächen, indem er im voraus alle Frauen verurteilt, die er in der Folge heiraten wird. Die Liebe hat keine Zukunft mehr: sie wird per Dekret getötet. Schahriyar hat die Leere geschaffen und die Wüste verbreitet. Scheherazades Worte bevölkern diese Wüste und schieben damit auf prekäre Weise Nacht für Nacht den Tod auf, der ihr verheißen wurde. Das letzte Morgengrauen wird Schahriyar die Möglichkeit zu lieben wiedergeben, also das Leben, und damit wird der Spannung des Erzählens ein Ende gesetzt: die Geschichten haben Nacht für Nacht eine Brücke aus Worten über die Leere geschlagen. Durch ein Spiel der Umkehrung entspricht das Erschöpfen der Folge des Erzählens bei Schahriyar dem Wiedererstehen seiner Fähigkeit, die dauernde Gegenwart einer Gefährtin zu akzeptieren. Sobald der unumschränkte Herr und Meister seinem

2 Zitiert nach *Sechs Vorschläge für das nächste Jahrtausend*, München/Wien, 1991, S. 58f. (A. d. Ü.).

einsamen Kummer entkommen ist, braucht man das erzählende Wort nicht mehr: es hat nach und nach sein Rettungswerk vollendet. Was sich von nun an fortsetzt, ist das gemeinsame Leben und nicht die Erzählung.

Der Grausamkeit des melancholischen Tyrannen die Stirn zu bieten und sie zu entwaffnen, ihn der Tyrannei abschwören zu lassen: das ist die Aufgabe, welche die Erzählungen aus *Tausendundeiner Nacht* fiktiv der Reihe der Märchen zuweisen. Diese Formel kann zu anderen Zeiten und an anderen Orten variiert und mit anderen Motiven verbunden werden, aber sie läßt dennoch ein beständiges Element aufscheinen. Man kann es feststellen, wenn man *Tausendundeine Nacht* mit dem wundervollen *Pentamerone* Basiles vergleicht. In der Rahmenerzählung der neapolitanischen Sammlung hat eine Mohrensklavin den königlichen Titel usurpiert. Sie ist schwanger und melancholisch. Und sie verlangt, daß man sie zerstreue. Calvino faßt die Ausgangslage sehr schön zusammen: »Die Geschichte, die den Rahmen für die weiteren neunundvierzig bildet, erzählt von einer bösen schwarzen Sklavin, die die Stelle der schönen Prinzessin einnimmt und den Fürsten heiratet; die entthronte Schöne bewirkt, daß die Usurpatorin zehn alte Weiber versammelt, die an fünf Tagen Geschichten erzählen; die Absicht dieses Planes ist es (gleichsam durch ein Erschöpfen der Kombinationsmöglichkeiten des Erzählbaren), zu einer Geschichte zu kommen, die durch die Analogie der Situation den Betrug aufdeckt und die Usurpatorin entlarvt.« In diesem Fall hat die Arbeit des Erzählens nicht das Ziel, die melancholische Adressatin zu heilen und wieder mit dem Leben zu versöhnen, sondern im Gegenteil den Betrug aufzudecken und zunichte zu machen, dessen sie sich zur Erlangung einer unrechtmäßigen Macht bedient hat. Das Gemeinsame an *Tausendundeiner Nacht* und am *Pentamerone* ist der Sieg über die Melancholie und die Wiederherstellung oder die Errichtung einer glücklichen Ordnung, was jedes dieser Werke auf eine andere Weise ausdrückt. In der einen wie der anderen Märchensammlung setzt der Abschluß der Erzählfolge einer ungerechten Herrschaft ein Ende, welche die Gegenoffensive des Wortes hervorgerufen hatte. Gewiß läßt sich das gestaltende Prinzip des *Pentamerone* als Gegensatz von Tag und Nacht, von Schönheit und Häßlichkeit definieren, wie Calvino nachweist: es ist das Grundschema, wovon jede der Geschichten, die der Mohrensklavin erzählt werden, die dynamisierte und metaphorische Darstellung sein wird. Aber ich möchte darin ebensosehr den Beweis dafür erblicken, daß der kosmologische Gegensatz von Tag und Nacht und der ästhetische von Schönheit und Häßlichkeit in ihrer Symmetrie und Verschiedenheit mit dem gegensätzlichen Paar der Erzählerin und des Tyrannen – einem Paar, das seinerseits innerhalb einer Erzählung in Szene gesetzt wird – durchaus in Beziehung treten können. Wenn ich diese grundsätzliche Gegebenheit mit allen Varianten und Verwischungen, die sie zuläßt, in Erinnerung gerufen habe, so deshalb, weil sie in vielen Werken Calvinos erkennbar ist und weil sie auch bei ihm ein strukturierendes Prinzip darstellt, in dem sogar die Unterbrechung vorgesehen ist und genutzt wird – vor allem in den *Unsichtbaren Städten*, worin die Schilderungen Marco Polos den allmächtigen und zugleich aller Macht entkleideten Kaiser Kublai Khan in seinem Palast zum Adressaten haben, den absoluten Herrn von Ländern und Städten, der selbst eine Beute des Nichts ist. Dieser orientalische Adressat, der mit Schahriyar entfernt verwandt ist, will dem Erzähler, den er zu sprechen nötigt, nicht ans Leben, außer in einem eigenwilligen Anfall schlechter Laune; und doch ist er ebenso wie seine Vorgänger vom Gedanken an den Tod besessen; die Nachrichten, die er von seinem Informanten erhält, bewirken, daß auf beunruhigende Weise die Herrschaft des Formlosen und Unbelebten um sich greift. Wenn die Hölle auf Erden, welche die letzte Unterredung des Fürsten und des Reisenden beschwört, der absoluten Schwärze der Melancholie entspricht, so ist diese jedenfalls nicht das endgültige Ziel. Der mögliche Ausweg, den Marco Polo bescheiden vorschlägt, besteht darin, das wenige zu bewahren, das sich der höllischen Übermacht noch entzieht: es ist ein Verfahren des Heilens oder zumindest eine Linderung des Leidens. Statt uns von der Hölle verschlingen zu lassen und zu akzeptieren, daß wir ein Teil davon sind (die endgültige melancholische Anästhesie), bleibt uns ein letzter Ausweg, »der dauernde Vorsicht und Aufmerksamkeit verlangt: suchen und zu erkennen wissen, wer und was inmitten der Hölle nicht Hölle ist, und ihm Bestand und Raum geben«.[3] Das war schon das Fazit von Voltaires *Candide*, den Calvino bewunderte. Man glaubt auch, die Aufforderung »Never be idle« zu vernehmen, die Mahnung zu ständiger Arbeit, mit der die *Anatomy of Melancholy* des Robert Burton endet. Es sieht so aus, als hätte Calvino die gleichen literarischen Ziele wie dieses monströse enzyklopädische Werk, das alle Aspekte der Welt um die Melancholie herum versammelt und einordnet. Calvino schließt sich Burton an (selbst wenn er ihn nicht unter seinen Lieblingsautoren aufführt) im Verzweigen, in den erzählerischen Ab-

3 Zitiert nach *Die unsichtbaren Städte*, München/Wien 1984, S. 192 (A. d. Ü.).

schweifungen und der verästelten Struktur, aber vor allem in dem gleicherweise zwingenden und bescheiden abschließenden Befehl, der dazu auffordert, alle Augenblicke des Tages geschäftig zu nutzen. Die geschichtliche Erfahrung hat Calvino sehr viel vorsichtiger bezüglich der Utopie gemacht, – das heißt bezüglich des *festgehaltenen* Bildes einer Welt ohne Unordnung und ohne Leere. Burton hatte sein Vergnügen daran, sich am Anfang seines Werkes eine England ähnliche Insel vorzustellen, wo aber die Vernunft die Ordnung an die Herrschaft gebracht hätte und wo der Melancholie der Aufenthalt untersagt worden wäre. An diesem Ort wäre die Geschichte angehalten, durch das Gleichgewicht vollkommener Gerechtigkeit stabilisiert, und zweifellos hätte man dort keine Geschichten mehr erzählt, denn keinerlei Unzufriedenheit, keine tyrannische Leere hätte sie künftig noch erfordert. Im Schlußdialog der *Unsichtbaren Städte*, der sich wie die meisten Dialoge dieses Buches wie eine Schachpartie abspielt, bestehen die *weißen* Städte der Utopie auf dem Atlas des Khan zusammen mit den *schwarzen* Städten der Gegenutopie, »die von Alpträumen und Verwünschungen bedroht sind«. Die Hoffnung verschwindet nicht, aber sie wird zufällig und zusammenhanglos: »Für diese Häfen«, erklärt Marco Polo, als er von den »verheißenen Gebieten« spricht, »könnte ich weder eine Route auf der Karte eintragen noch ein Ankunftsdatum bestimmen. Manchmal genügt mir eine Lichtung in einer unpassenden Landschaft, ein Aufleuchten von Lichtern im Nebel, der Dialog zweier Passanten, die sich im Gedränge begegnen, um mir vorzustellen, daß ich von hier Stück um Stück die vollkommene Stadt zusammensetzen werde, errichtet aus Fragmenten, die mit dem Rest vermischt sind, aus Augenblicken, die durch

Intervalle getrennt sind, aus Signalen, die einer ausschickt, ohne zu wissen, wer sie empfängt. Wenn ich dir sage, daß die Stadt, der meine Reise gilt, keine Kontinuität in Raum und Zeit besitzt, einmal lockerer und einmal dichter ist, so darfst du nicht meinen, daß man mit dem Suchen aufhören könnte«.[4] Der Held von *Un re in ascolto* läßt nach Kublai Khan noch einmal das Bild des grausamen und bedrohten Herrschers als Adressaten der Rede auferstehen, die wir lesen; an ihn richtet sich die zugleich erzählende, beschreibende und mahnende Stimme, die seine Geschichte rekonstruiert und ihn unvergleichlich beunruhigendere Worte vernehmen läßt, als es die Marco Polos waren.

Gewiß erfüllt die Äbtissin, für welche die Nonne Theodora ihre Geschichte (im *Ritter, den es nicht gab*) schreibt, weniger ausgeprägt die Rolle des tyrannischen Adressaten. Sie tritt nicht auf, sie ergreift nicht das Wort. Und doch hat sie der Frau, die den Bericht verfaßt, deren Aufgabe zugewiesen. Sie hat die Erzählung in Auftrag gegeben. Sie erwartet das Manuskript: ihre Rolle ähnelt also eher der des Verlags (was sie gewiß nicht von dem Verdacht der Tyrannei befreit). Theodora ist bestraft worden; während sie zum Schreiben des Buches und zur »Verfolgung der Wahrheit« bestimmt ist, empfindet sie abwechselnd Überschwenglichkeit und Melancholie. Melancholie, wenn sich der Faden der Handlung verwirrt, wenn die Wörter unter der Feder zu Asche werden, während das wahre Leben außerhalb des Buches seinen fröhlichen Lärm vernehmen läßt. Überschwenglichkeit, wenn das Begehren die galoppierende Kraft erlangt, womit sie die Erzählung beschleunigen und sich für immer daraus entfernen kann.

4 Zitiert nach *Die unsichtbaren Städte*, a. a. O., S. 191 (A. d. Ü.).

Der Schlußpunkt ist gesetzt, das Buch abgeschlossen, wenn die Erzählung zur Beschreibung des Schreibens zurückkehrt und den Tod des Wortes bezeichnen kann, welcher der Anfang einer von der Liebe bestimmten Zukunft bedeutet. Angesichts des unmittelbar bevorstehenden Schweigens der abgeschlossenen Geschichte enthüllt die Erzählerin, um für immer zu verstummen, daß sie selbst die Kriegerin Bradamante ist, die innerhalb der Erzählung lebte und galoppierte und an enttäuschter Leidenschaft litt. Das im letzten Augenblick geahnte Glück beseitigt zugleich die Erzählung und die melancholische Buße. Das Märchen geht zu Ende, wenn der Unterschied zwischen der Handlung des Schreibens und dem »wirklichen Leben«, zwischen der Liebessehnsucht und dem Gegenstand der Liebe aufgehoben ist. Wir haben mittlerweile begriffen, daß die Nonne Theodora diejenige Gestalt ist, der Calvino (um sie zu objektivieren und sich zu entlasten) seine eigene Rolle als Schriftsteller anvertraut hat. Mönchische Buße, Unterwerfung unter die Befehle der Äbtissin sind die ausgeschmückten Darstellungen der Arbeit, in die sich der Autor vertieft hat. Die Verzweiflung und die Überschwenglichkeit der Nonne: das ist er selbst. Der durch die Äbtissin ausgeübte Zwang: auch das ist er. Also liegt in ihm auch die Instanz, die ich emblematisch als die des melancholischen Tyrannen bezeichnet habe. Das Vergnügen zu erzählen, die Spannung und die innere Unruhe der literarischen Konstruktion, die Schuld, sich von der Welt zu trennen, all das ist dazu bestimmt, einen inneren Schahriyar zu besänftigen, dessen Nachsicht nicht leicht zu erlangen ist.

Von einer unmittelbar an den individuellen Adressaten gerichteten Anrede, dessen Gleichgültigkeit es zu überwinden oder dessen Feindseligkeit es zu besänftigen gilt, wechselt das Erzählen mühelos zu einem anderen Typus der Konfrontation über, der davon nicht völlig verschieden ist: zu der Konfrontation mit jeglichem Gegenüber, mit der unbestimmten Gesamtheit derer, die man mit dem Sammelbegriff »Publikum« benennen kann oder mit dem noch umfassenderen Begriff »Welt«. Man kann sagen, daß bei Calvino die Figur des *lector in fabula* häufig, nachdrücklich, aber nicht verallgemeinert vorkommt, während dagegen die Gegenüberstellung mit der Welt (mit unserer geschichtlichen Welt) eine Konstante ist. Eine Gegenüberstellung, die zum Duell, zum Kampf und zur ironischen Herausforderung wird, die aber nicht daran verzweifelt, Gehör zu finden, eine Antwort hervorzurufen und zu einer Übereinstimmung zu gelangen. In »Il midollo del leone« lesen wir eine Verteidigung und Rechtfertigung der »Schrecklichkeit des Geschriebenen« (*terribilità delle cose scritte*), sofern man dabei die Notwendigkeit nicht aus dem Auge verliert, »gegen die schreckliche Wirklichkeit« zu kämpfen (*contro la realtà terribile*).[5] In Calvinos ersten Erzählungen beherrscht die tyrannische Feindseligkeit als Hintergrund den Schauplatz: die Diktatoren lassen eine gewalttätige Macht auf der Welt lasten, die naive Wesen zurückzudrängen versuchen, die nicht mit gleichen Waffen kämpfen und die jeden Augenblick selbst Gefahr laufen, in die Fallstricke der Gewalt zu stürzen. Der unvernünftige Tyrann ist der Feind, den es zu schlagen gilt. Mit Abstand und mit allem Gleichmut, zu dem der Abstand berechtigt, folgt der Erzähler den Spuren dieser Taten des Widerstands, die zu jener Zeit auch die seinen waren, als

5 In *Una pietra sopra*, Turin 1980, S. 18 (A. d. Ü.).

das Handeln und die Gefahren der Existenz den Vorrang hatten. Alles in allem wird er noch sehr viel später ebenso handeln. Tatsächlich fällt in der Rahmenerzählung von *Wenn ein Reisender in einer Winternacht* die Reise um die Welt in dem Maße, wie sie sich vollendet, zusammen mit der sich unaufhörlich steigernden polizeilichen Repression, die dem Schreiben und der Lektüre eine immer größere Bedeutung verleiht.

In den *Sechs Vorschlägen für das nächste Jahrtausend* (a. a. O., S. 16) wird freilich auf den ersten Seiten die aktivistische Illusion enthüllt, die den Schriftsteller in den ersten Nachkriegsjahren zu dem Glauben verführt hat, die Kraft seines Wortes könne sich mit den Energien vermischen, welche die Ereignisse unseres Jahrhunderts vorantreiben. Er mußte erkennen, daß es in unserer alltäglichen Existenz keine mögliche Übereinstimmung zwischen der tragischen oder grotesken Bewegung gibt, welche das Gesicht der Welt verändert, und dem Rhythmus, den ein Stil schafft, der die besten Möglichkeiten menschlicher Sprache zu verwirklichen sucht. Von der ersten Konfrontation an vertieft sich zunehmend ein Abstand zwischen einer zu schwerfälligen, zu undurchsichtigen Welt und einem Schreiben, das rasch und leicht sein will. Wenn Calvino von Versteinerung spricht und den Blick der Medusa und den Sieg des Perseus beschwört, formuliert er diesen Abstand am extremsten. Die formlose, versteinernde Gewalt, der sich der Schriftsteller gegenübersieht, tritt so an die Stelle der deutlich benennbaren Tyrannei, die der Partisan bekämpfte.

Die Welt, wie Calvino sie definiert, bald frenetisch aufgewühlt, bald versteinert und versteinernd, trägt alle Kennzeichen, welche die Phänomenologen der *melancho-*

lischen Sicht der äußeren Wirklichkeit zugeschrieben haben. Es wäre irreführend, Calvino unter die Schriftsteller der Melancholie zu rechnen. Er wußte jedoch, daß sie eine Bedrohung darstellt. Calvino begreift nur deshalb das melancholische Antlitz der Dinge so gut, weil er selbst von der gegnerischen Partei ist: er übernimmt entschlossen die Rolle, die er emblematisch als die des Perseus bezeichnet hat, des mythischen Helden, der das grauenvolle Medusenhaupt abschlägt. Die Tugend der Leichtigkeit und Beweglichkeit, der Calvino zeit seines Lebens treu blieb, ist das vollkommene Gegenmittel gegen die Melancholie. Mit der Verzweiflung mitzufühlen, weil man sie bei anderen geahnt und manchmal selbst empfunden hat, erlaubt es, die besten therapeutischen Mittel anzuwenden. Man darf nicht vergessen, daß in der gesamten literarischen Überlieferung Europas die satirischen Schriftsteller sich selbst als Melancholiker definierten, die die allgemeine Krankheit heilen oder zumindest ihren gesunden Zorn, der weniger närrisch ist als die Narrheit der Welt, bewahren wollten, wenn sie gegen die verkehrte Welt loszogen und gegen sie ihre schärfsten Pfeile richteten. Ihr defensives und offensives Hilfsmittel war nicht allein der »Zauber« der Erzählung, dieser »Zauber«, den Roland Barthes nicht ohne gute Gründe Italo Calvino zuerkannte, womit er ihn aber auf eine zu begrenzte Definition einengte. Das Hilfsmittel, dessen sie sich bedienten, (bis hin zur rhetorischen Übertreibung der Parrhesie) war das deutliche Wort, das Aussprechen der Wahrheit. Sei es direkt, sei es auf dem Umweg des Gleichnisses oder des anspielenden Beispiels: sie entschieden sich, nichts von ihren Gefühlen angesichts der Laster und Lächerlichkeiten des gegenwärtigen Augenblicks zu verschweigen. Calvino beschränkte sich gerade nicht auf das Vergnügen an der Erzählung, das er so unbefangen genoß und hervorbrachte. Seine Art, seine Gedanken nicht zu verbergen und ihren Tenor unter allen Umständen mitzuteilen, bewahrte ihn vor jeder Unterwerfung unter eine tyrannische Autorität und erlaubte ihm, nicht demonstrativ, aber um so wirkungsvoller alle Machtmittel anzuwenden, die früher der Satire eigen waren. Um das zu erreichen, brauchte er nicht die Maske des Melancholikers anzulegen. Er mußte nicht die Haltung des empörten Anklägers einnehmen. Es genügte ihm, mit feinem Unterscheidungsvermögen von jenem Kern von Schweigen und Zurückhaltung Gebrauch zu machen, mit dem er sich seinen Quellen näherte. Seine Briefe legen davon ein sehr bewegendes Zeugnis ab.

Ruft man sich ins Gedächtnis, daß die Versteinerung und die Schwerfälligkeit, denen Calvino entgehen will, zu den Eigenschaften der Melancholie gehören, so sind folglich auch die Handlungen und die Tugenden, die Calvino der Schwerfälligkeit gegenüberstellt, als Mittel gegen die Melancholie zu betrachten. Nun stellt sich heraus, daß diese Gegenmittel jenen nicht unähnlich sind, die zu Beginn der Moderne von Ariost und von Cervantes gebraucht wurden und die ihre Theoretiker in der Romantik fanden. Bei Tieck und bei E. T. A. Hoffmann, die selbst von der Welt des Märchens so stark angezogen waren (und denen sie oft durch eine Inszenierung Carlo Gozzis offenbart wurde), wird die befreiende Macht benannt und definiert: es ist die Macht der Ironie, dieser Umschwung des Geistes, der sich über die bloße Existenz erhebt und sich der Bande entledigt, mit denen ein falscher Ernst ein zu sehr mit sich selbst beschäftigtes, zu fest an seinen kurzgegriffenen Absichten und Wünschen klebendes *Ich* zurückhielt. (Das ist die Lehre aus der märchenhaften Geschichte des Königs Ophioch und der Königin Liris, die Hoffmann im Zentrum der *Prinzessin Brambilla* ansiedelt.) Der Ironiker, so wie die Romantiker ihn definiert haben, hat im freien Akt der Reflexion das Geheimnis gefunden, das ihm erlaubt sich zu entziehen. Auf einem Bewußtseinsstand, der der Unpersönlichkeit ganz nahe ist, vermag er dem Gravitationsfeld des Ich und seiner unmittelbaren Interessen zu entgehen. Er hat zugleich mit jedem Einverständnis mit einer Welt gebrochen, die vom Schatten oder von der Seichtheit bedroht wird. Auf diese Weise erleichtert, kann der ironische Geist lächeln über das Weltenschauspiel, wie es sich ihm aus größter Höhe darbietet – es sei denn, dieses Schauspiel wird ihm in der Spiegelung eines Brunnens geboten, der das Bild aller Dinge umkehrt. Aber der Absolutismus der romantischen Phantasie und ihrer dadaistischen und neodadaistischen Verwandlungen vermochte Calvino nicht wirklich zu befriedigen: er widersetzte sich der idealistischen Versuchung und dem egozentrischen Hochmut, die in der romantischen Ästhetik gewöhnlich mit der Ausflucht in die Ironie verbunden sind. Entschlossen, sich zu befreien, will er sich aber dennoch nicht aus der Solidarität lösen. Calvino fühlte sich nicht glücklich angesichts einer Ironie und einer Freiheit des Schreibens, die sich im Leeren verlieren oder sich in ihrer eigenen Reinheit gefallen würden.

Zu der Zeit, als der modische Imperativ das Engagement des Schriftstellers forderte, entging er der Falle lehrhafter Dichtung und Erbaulichkeit, in die sich so viele Autoren locken ließen. Er hat damals die Sache eines *entpflichteten* Schreibens verteidigt, das heißt eine völlige Freiheit der Einbildungskraft. Er rebellierte gegen den kurzsichtigen Moralismus, der über den Wert von Werken nach dem simplistischen Gesichtspunkt ihrer vermeintlich »progressiven« oder »reaktionären« politischen Wirkung im Schnellverfahren entschied. Aufgrund seiner Wahl und seines Temperaments zog er in jedem Fall eine weniger summarische Methode vor, um die Freiheit in den menschlichen Beziehungen zu fördern; er wagte die Wette, die Entpflichtung des Schreibens zu betreiben, um gerechter mit dem anderen verbunden zu sein. Er hat die Wette gewonnen. Man kann sich davon nicht nur in Essays wie »Il midollo del leone« überzeugen, sondern vor allem in den offenherzigen Bemerkungen, die er in seiner Zeit als Lektor und Herausgeber von Buchreihen an Freunde und junge Autoren richtete (*I libri degli altri*).[6] Man muß auch die nuancierenden Texte wieder zur Hand nehmen, worin er seine Zurückhaltung gegenüber dem Begriff des »Entwurfs«, der *progettazione*, nicht verhehlt, auf den sein Freund Elio Vittorini so großen Wert legte und auf den vollständig zu verzichten er zögerte. In den etwa zehn Jahren, als er der kommunistischen Partei angehörte (aus Treue eher denn aus Unterwerfung unter eine Lehre), hat er unablässig wiederholt, daß der Schriftsteller die Pflicht habe, seine eigene Stimme deutlich vernehmen zu lassen, ohne sie je durch die Rede irgendeiner Autorität verdecken zu lassen.

Ich habe gerade die Frage berührt, die Calvino sich nachdrücklich stellte, die der gerechtesten Versöhnung der Entpflichtung des Schreibens mit dem Festhalten des

6 Herausgegeben von Giovanni Tesio, Turin 1991 (A. d. Ü.).

Bandes, das nie zwischen den Wesen zerreißen darf. Im Stil der erzählten Metapher liefert *Der Baron auf den Bäumen* den (notwendig fiktiven) Beweis für die mögliche Koinzidenz der Gegensätze. Cosimo di Rondò, der sich der Gesellschaft der Vögel anschließt und in den Bäumen haust, hat seine Familie verlassen, ohne die Erde zu verlassen. Er sorgt sich um das Unglück der Menschen. Der Abstand, den er hält, ist ein Zugang zu den Wesen, die Hilfe und Mitleid brauchen. Die mit den Füßen auf der Erde bleiben, schaffen das nicht so gut wie er. In seiner Anmerkung aus dem Jahr 1960 hat Calvino die Bedeutung seiner Erzählung hervorgehoben:

»Sollte ich die Geschichte einer Flucht aus den menschlichen Beziehungen, der Gesellschaft, der Politik und so weiter erzählen? Nein, das wäre nur allzu wohlfeil und vergeblich gewesen: das Spiel begann mich nur dann zu interessieren, wenn ich aus dem Mann, der sich weigert, wie alle anderen auf der Erde zu gehen, nicht einen Misanthropen machte, sondern einen Menschen, der ständig mit dem Wohl des Nächsten beschäftigt ist, in der Bewegung seiner Zeit steht und an allen Aspekten des aktiven Lebens teilhaben will: vom Fortschreiten der Technik bis zur Gemeindeverwaltung und zu dem galanten Leben. Dabei ist er sich aber stets darüber im klaren, daß der einzige Weg, wirklich mit den anderen verbunden zu sein, darin besteht, von den anderen getrennt zu sein und sich und den anderen die eigene unbequeme Einzigartigkeit und Einsamkeit in allen Stunden und Augenblicken seines Lebens hartnäckig aufzuerlegen, wie es die Berufung des Dichters, des Forschers und des Revolutionärs ist.«[7]

7 Zitiert nach dem Vowort zu *I nostri antenati*, Turin 1960 (A. d. Ü.).

Die Geschichte des Cosimo di Rondò entwickelt in einer ungewöhnlichen und hyperbolisch erweiterten Gestalt eine der grundlegenden Wahrnehmungen, die es Calvino erlauben zu sagen, »welche Form die Welt hat«. Diese Wahrnehmung ist die des Blickes von oben. In dem fundamentalen Text »Aus dem Verschatteten«, der eine starke autobiographische Komponente aufweist, liest man: »... in der Form der Welt, die ich hier zu beschreiben versuche, erscheinen die Häuser, wie wenn man die Dächer von oben betrachtet, die Stadt da unten ist eine Schildkröte mit ihrem karierten und gebuckelten Panzer ...«[8] Eine Ansicht, die derjenigen sehr ähnlich ist, die ein Betrachter von den Steilhängen der ligurischen Küste, zwischen dem Meer und dem Gebirge, hat. Dieser hinabtauchende Blick findet sich im Werk Calvinos wiederholt, bald deutlicher in der persönlichen Vergangenheit lokalisiert (»Der Weg nach San Giovanni«), bald allegorisch, wenn (im *Reisenden*) der Schriftsteller Silas Flannery sein Fernglas auf den Talgrund richtet, um die auf ihrem Liegestuhl auf der Terrasse eines Chalets ruhende Leserin zu beobachten. Palomar seinerseits betrachtet die Stadt von der Höhe seiner römischen Terrasse aus und »läßt einen Vogelblick über das Gewirr der Dächer gleiten« da er versucht, sich die Welt so zu denken, wie sie von fliegenden Wesen gesehen wird: »Erst wenn man die Oberfläche der Dinge kennengelernt hat – schließt er – kann man sich aufmachen, um herauszufinden, was darunter sein mag. Doch die Oberfläche der Dinge ist unerschöpflich.«[9] Demgemäß konnte man, in summarischer, aber scherzhafter Verkürzung, von Cal-

8 Vgl. den vorliegenden Band, S. 106 (A. d. Ü.).
9 Zitiert nach *Herr Palomar*, München / Wien 1985, S. 66 und 68 (A. d. Ü.).

vinos »Vogelhaftigkeit« (*uccellinità*) sprechen. Dieser Blick aus der Höhe ähnelt stark demjenigen, den Paul Valéry auf dem gleichen Abhang über dem Mittelmeer mit Staunen entdeckt hatte, um sich daraus eine Regel für den Verstand zu machen. Paul Valéry bedeutete Calvino viel, doch wußte er, daß das Streben nach absoluter reflexiver Beherrschung, der totale Blick von oben zum Scheitern verurteilt sind. Calvino teilt mit Valéry das Festhalten am sinnlich Wahrnehmbaren verbunden mit der Neigung zu einer überlegenen Verstandesschärfe, welche die unmittelbaren Emotionen und auch die Akte des Denkens von höherer Warte aus denkt. Wie Valéry, so graut auch Calvino vor dem Schnellfertigen und dem sentimental Wohlgefälligen: dieses Mißtrauen hat seine Entsprechung in der Forderung nach selbstauferlegter Disziplin und in dem notwendigen Durchgang durch die Regel eines *Exerzitiums*. Calvino hat in Paris an den Treffen des »Ouvroir de littérature potentielle« (Oulipo) teilgenommen, die Methode Queneaus befolgt und die Gelegenheit gesucht, die Strenge des Exerzitiums noch zu überbieten: die überlieferten festen Formen boten keine ausreichende Herausforderung, und so entschloß sich Calvino, sie in den *Unsichtbaren Städten*, im *Schloß, darin sich Schicksale kreuzen* und im *Reisenden* durch vollkommen neuartige feste Formen zu ersetzen, wobei ihm sehr daran lag, daß es feste Formen zum einmaligen Gebrauch waren, unpersönliche Formen, die neue persönliche Beziehungen zwischen Autor und Lesern erzeugten. Diese Herausforderung an sich selbst, dieses in der Erfindung eines schwierigen Spiels gesuchte und gefundene Vergnügen, diesen Willen, die Gegenwart des anderen dennoch nicht aus den Augen zu verlieren, hat Calvino zum Kennzeichen vieler seiner Personen gemacht. In dem erst 1960 geschriebenen Vorwort zu der Trilogie der *Antenati* umreißt er mit wenigen Worten, was er als sein »wahres erzählerisches Thema« ansieht: »Eine Person erlegt sich freiwillig eine schwierige Regel auf und verfolgt sie bis zu den letzten Konsequenzen, denn ohne diese Regel wäre sie weder für sich noch für die anderen sie selbst.«

Sobald man sich eine ganze auf den Bäumen verbrachte Existenz vorstellen kann, ist es nur noch ein Schritt, wenn ich so sagen darf, um in den kosmischen Raum zu dringen. Die entbundene Freiheit des *Barons auf den Bäumen* und die der *Cosmicomics* sind von gleicher Art und unterscheiden sich nur um einige Grade. In gewisser Hinsicht kennt die Aufforderung »Höhe zu gewinnen«, keine Grenze. Das metaphorische Spiel läßt sich weder von den klassischen Gesetzen der Schwerkraft noch von der Rücksicht auf vorhandenen oder fehlenden Sauerstoff anhalten. Cosimo di Rondò hat mehr als einen Zug mit Cyrano de Bergerac gemeinsam, dem gelehrten Freigeist des siebzehnten Jahrhunderts, der amüsante Reisen zu den Staaten des Mondes und der Sonne erfand. Wenn Calvino in den *Sechs Vorschlägen* die Leichtigkeit als die erste der erhaltenswerten Tugenden bezeichnet, bleibt er nicht bei dem Beispiel von Perseus' Luftritt stehen; er kommt bald danach auf Cyranos interplanetarische Raumschiffahrt zu sprechen, ohne seine Vorgänger zu vergessen: Lukian von Samosata und Ludovico Ariosto. Calvino weiß dem Dichterphilosophen des siebzehnten Jahrhunderts Dank dafür, daß er seinen von Lukrez abgeleiteten Atomismus mit einem ausgeprägten Sinn der Brüderlichkeit gegenüber allen Wesen verbunden hat, die ja aus der gleichen Materie hervorgegangen sind. Cyrano erscheint ihm als ein großes Vorbild, weil er die Bilder zu finden wußte, die gleicherweise die Lösung und die Bindung, die extravagante Einzigartigkeit und die universelle Sympathie darstellen. Wenn Calvino an der wiederholten Lektüre von Lukrez und seinen Schülern soviel Vergnügen hat, so deshalb, weil sie die Unendlichkeit des Raumes verkündet haben, um dort die unzähligen Schwärme zusammenhangloser Partikel kreisen, sich zeitweilig ballen und wieder zerstreuen zu lassen. Auf einem Stich aus der Renaissance streckt ein Mensch seinen Arm über die durch die letzte Himmelssphäre der traditionellen Kosmologie bezeichneten Grenzen hinaus. Die begrenzte Welt besaß ihre Schönheit, aber das Denken und Handeln können darin nicht eingeschlossen bleiben. Der Weg in die Unbegrenztheit scheint verboten, es genügt jedoch, ausreichend Schwung zu nehmen, und schon hat man zu seinem eigenen Erstaunen die Grenze überwunden. Daraus folgen zunächst Schwindel und Unruhe, darauf, nach der ersten Verwirrung, die große Erleichterung. Es gibt keinen Grund mehr, Angst zu haben. (Die Angst ist eines der Elemente der Melancholie.) Lukrez hatte sein Gedicht als eine Verkündigung der physischen Wahrheit verstanden; sein Ziel war es, den Leser von allen Schrecken zu befreien; er wollte ihn überzeugen, daß es in der Zukunft nicht mehr zu befürchten gebe, als er hier und jetzt auf der Erde und in den Lüften sich abspielen sah. Wir sind Teile der Welt, und für die Einbildungskraft genügt es, unsere Gedanken, Empfindungen, Schwächen und Verzückungen kühn zu vervielfachen, um in eine heitere Komplizenschaft mit dem Universum einzutreten und bis in uns selbst hinein die Mannigfaltigkeit möglicher Welten aufzunehmen.

Aber kann man in unserer Zeit ein kosmologisches Gedicht nach Art des Lukrez schreiben? Der lateinische Dichter war im Gegensatz zu dem, was man vermuten könnte, kein »popularisierender« Autor: er gebrauchte die gleichen Wörter wie die Gelehrten seiner Epoche. Es ist unmöglich, zumindest wenn es nicht obsolet und verspielt sein soll, das in Verse zu bringen, was heute die Radioteleskope und die Teilchenbeschleuniger entdecken. Wie soll man einen literarischen Text offen halten, der, zwangsläufig unfähig, die Sprache der Wissenschaft zu sprechen, nur eine sehr annäherungsweise Übersetzung der vorläufigen Gleichungen und Hypothesen einer sich stets korrigierenden Forschung wäre? Raymond Queneau wagte das Experiment mit der *Petite cosmogonie portative*, die Calvino außerordentlich schätzte. Calvino ergriff seinerseits die Partei der transversalen Fiktion, die alle Zeitalter der Energie, der Materie und der lebenden Natur durchquert bis an die Grenzen der sich ausdehnenden Raumzeit: da fehlt nirgendwo eine Stimme, die eine menschliche Sprache spricht und doch die dunkle Masse des Schweigens vor dem Menschen und nach dem Menschen aufnimmt. Wir bleiben bei uns, denn es handelt sich ja um *comiche*, und wir werden außerhalb von uns projiziert, denn der Schauplatz ist der *Kosmos*. Wie stets bei Calvino hat jedes Wort und jeder Satz, deutlich formuliert, seine volle Evidenz im Augenblick seiner Äußerung. Aber ringsum am Rand öffnen sich jeder virtuelle Raum und die Vielheit möglicher Kombinationen. Mit dieser Öffnung verknüpft sich ein Gefühl der Beklommenheit, ein Schwindel: der aufmerksame Leser nimmt es deutlich wahr, obwohl das Unbehagen nur ganz kurz andauert. Allmählich, von Satz zu Satz, dank der Geschwindigkeit und der Ökonomie, auf die Calvino so großen Wert legt, verlagert sich die feste Evidenz und ersteht neu. Das kaum verspürte Unbehagen erfährt seine vorläufige, aber ausreichende Beschwichtigung. Ein neues Moment der Anmut (oder des Spiels) wird auf dem Papier festgehalten. Calvinos offensichtlich phantastische Erfindungen besitzen die gleiche unwiderlegliche Lebendigkeit wie seine realistischen »Aufzeichnungen«: er hielte uns nicht so intensiv fest, wenn wir nicht den Grund der Unruhe verspürten, der unablässig von neuem auftaucht und unablässig beschworen wird.

Das Motiv der Leere nimmt, unterschiedlich behandelt, einen beträchtlichen Raum bei Calvino ein: man braucht zwar nach der epikureischen Überlieferung die Leere, damit sich darin der Fall und die Neigung (*clinamen*) der Atome vollziehen, aus welchen alle vorstellbaren Körper geformt sind; aber wenn man das Leere offenließe, so wäre es beängstigend. Man muß es bedecken, maskieren, bevölkern, es zur Leinwand machen, auf der die Bilder projiziert werden, denn das absolute Innen ist unerträglich ohne ein Außen, und das absolute Außen nicht auszuhalten ohne ein Innen. Also muß man Übergänge schaffen und Wege, auf denen sich Außen und Innen begegnen. Das heißt, man muß auf die Worte zurückgreifen. Unter den thematischen Fäden, aus denen der *Reisende* gewoben ist, ist der des Leeren eines der bedeutendsten. Warum ist dieses Thema allgegenwärtig? Um seinem Gegensatz *Raum zu geben*. Der Schriftsteller – Silas Flannery – willigt ein, in sich Leere zu schaffen, in der Hoffnung, sich von den Wörtern durchqueren zu lassen. Aber die Wörter lassen sich auf dem Blatt Papier nieder. Sie können nur von einem jeweils verschiedenen persönlichen Bewußtsein aufgenommen werden, welches das Leere nicht duldet, und das eine und das andere Bewußtsein werden sich aus dem einfachen Grunde begegnen, daß sie getrennt voneinander dieselben

Erzählungen dechiffriert, aktualisiert, beurteilt und anschließend ihre Erfahrungen miteinander verglichen haben. *Gelesen* (*letto*) zu haben, trotz der Unterbrechungen und der Einbrüche des Leeren, führt den Leser und die Leserin ins Ehebett (*letto matrimoniale*).

Dieses Werk, das auf das Pathos des Leidens verzichtet, ist dennoch eines jener Werke, die in unserer Zeit das Übel und seine Allgegenwart am wenigsten vergessen haben. Wir können sogar sagen, daß Calvinos Texte durch die Eigenschaften, die sie stillschweigend ausüben, und durch die Tugenden, die sie offen empfehlen, sich nicht mit der bloßen Feststellung des Übels aufhalten, wie es so viele andere getan haben, sondern darüber hinausgehen und die wirksamsten Gegenmaßnahmen ergreifen. Ebendieses ethische Gefühl, das ihn erfüllt, hindert Calvino daran, die Besorgtheit des Moralisten zur Schau zu stellen. Er hat niemals, wie wir gesehen haben, seine Ungeduld gegenüber anklagender Literatur verborgen und gegenüber jener anderen Literatur, bei der die Persönlichkeit, die sich darstellt, den gesamten Schauplatz mißbräuchlich einnimmt und den Blick und die Einbildungskraft daran hindert, darüber hinauszudringen. Die Dankbarkeit, die wir für Calvino empfinden, stammt daher, wie er vorausgegangen ist, wozu Mut, Wendigkeit und Intelligenz gehörten. Wenn er ganz und gar unser Zeitgenosse ist und wenn wir spüren, daß er es noch lange bleiben wird, so deshalb, weil er nicht zu denen gehörte, die sich von jeder Schwierigkeit, die ihnen begegnet, aufhalten und stören lassen: er war bereits an der Arbeit, mit einem Lächeln auf den Lippen, um auf seine Weise Abhilfe zu schaffen, furchtlos, ohne Anmaßung und vor allem, ohne den Lehrmeister spielen zu wollen. Es genügt, den Blick darauf zu richten, was die Literatur des vergangenen halben Jahrhunderts in allen Ländern der Erde gewesen ist: fast stets ist Calvino seinen Zeitgenossen um einige Längen voraus. Bei seinem Tempo hat er rasch diejenigen überholt, die sich in Kunst wie Politik für die Avantgarde hielten, und sogar diejenigen, die er großzügig auch weiterhin als seine Freunde ansah. Er konnte sich nicht damit begnügen, lediglich an die *Idee* des Fortschritts zu appellieren: er brauchte tatsächlichen Fortschritt, und zunächst bei der Ausübung seines Schrifstellerberufs. Daher schließt sich bei ihm stets an die freiesten Erfindungen, die er ebenso beobachtet, wie er sie imaginiert, der Gedanke. Daher stammt auch die vollkommene Leichtigkeit, mit der die Bilder den Gedanken ablösen: so rasch, wie sie begrifflich formuliert werden, entwickeln sie sich als Gestalten. Vergebens suche ich einen Schriftsteller, der in unseren Tagen dem Vergnügen des Lesers ein größeres Recht einräumte und zugleich die Aufmerksamkeit der anspruchsvollsten Literaturtheorie in diesem Maß erweckte und ihr auf gleicher Ebene zu antworten verstünde. In den ästhetischen Auseinandersetzungen verleiht die bei Calvino stets gegenwärtige Ökonomie der Sprache seinen Essays eine überraschende Lebendigkeit. Halten Sie ihn für »postmodern«? Nein. Er hat schon bemerkt, daß die Stellung nicht zu halten war, und ist in das nächste Jahrhundert gesprungen. Zu jeder Zeit ist er seinen Gesprächspartnern überlegen, deren Bewegungen durch ihre ganze terminologische Ausrüstung behindert werden. Der Theoretiker Calvino (ein Theoretiker, der seine beiden Hände zu gebrauchen weiß: in seinen Vorlesungen wie in seinen Erzählungen, die Meta-Erzählungen sind) erinnert mich an jene Bogenschützen im ausgehenden Mittelalter, die sich im Gefecht als wirkungsvoller erwiesen als der schwer geharnischte Adel. Für manchen Leser dieses Textes beweisen schon die Seiten, die ich hier schreibe, wie überlegen Calvino die beste Absicht des professionellen »Kritikers« vereitelt. Er läßt sich nicht fassen, nicht etwa, weil er sich in ein Geheimnis hüllte, sondern weil er in voller Klarheit komplette Reihen von Argumenten und Gegenargumenten entwickelt, wobei er bei Bedarf eine Kunst übt, die Montesquieu in höchster Achtung hielt: die dazwischenliegenden Ideen zu überspringen.

Sowie Calvinos erste Schriften erschienen, hob man seine Vorliebe für Antithesen, binäre Oppositionen und Dichotomien hervor: das Märchen vom *Geteilten Visconte* ist schon an sich die Verkörperung der Dichotomie ... Und man erinnerte sich, daß Voltaire Vergnügen daran fand, seine Figuren paarweise zu entwickeln. Die Verbindung ist um so legitimer, als zwischen beiden Autoren eine besondere Ähnlichkeit besteht, was die Leichtigkeit des Rhythmus angeht, die Sorge angesichts des Übels und des Wahnsinns, deren Exzesse die menschliche Geschichte markieren, und vor allem den entschlossenen Willen, das Dilemma der Theodizee durch die einzige Frage zu ersetzen, die man ernst nehmen muß: Was können die Menschen tun, damit ihr Schicksal weniger unglücklich ist? Calvino, der sich selbst in der Literatur der Aufklärung wiedererkennt, hat es anläßlich des *Candide* in einem glänzenden Vorwort gesagt, das ein Beispiel für den Blick liefert, der in den Werken der klassischen Vergangenheit deren genaueste Züge und lebendigste Tragweite wahrnimmt.

Aber bei Calvino sind die Paare und binären Systeme wie auch bei Voltaire niemals völlig symmetrisch oder gleichmäßig ausbalanciert. Vielmehr herrscht eher die Asymmetrie vor mit all der Unstabilität und all den schöpferischen Katastrophen, die aus dem Bruch des Gleichgewichts in der Reihe der Kräfte- und Rollenverteilungen resultieren können. Die Antinomien, wie Calvino sie wahrnimmt oder erfindet, gewinnen rasch eine auffällige Physiognomie. Sie sind eine Mischung von genauem Denken und lebendigen Bildern. Fast könnte man sagen, daß Calvino, der begrifflichen Antithesen mißtraute, aber mit klarem Blick alle Konflikte und Widersprüche enthüllte, lieber mit antinomischen Figuren und Situationen als mit abstrakten Begriffen experimentierte. Er hat sehr hellsichtig die Begriffe ausfindig gemacht, aber er hat ihnen Flügel an die Fersen geheftet und sie leichthin ihren Weg verfolgen lassen. So hat er sie der Prüfung eines erzählten Schicksals anvertraut, das nicht dem mühsamen Gang folgt, den die Regeln der Logik eigentlich vorschreiben. Ein Abenteuer wird in Gang gesetzt, dessen Bewegung insgesamt (wenn man an Hegels Begriff festhalten möchte) ein »dialektischer« Prozeß ist und eine Geschichte, die den Zwängen der Notwendigkeit entgeht und auf unvorhergesehene Weise abprallt. Calvinos Antinomien versöhnen sich nicht in der Synthese, wenn sie gegensätzliche Begriffe einander gegenüberstellen. Ihr Treffpunkt ist gleichzeitig ein Kreuzweg, der Ursprung eines sich verzweigenden Netzes, das neue Zusammenstöße und neue Überkreuzungen hervorbringt. Lesen wir doch noch einmal den *Geteilten Visconte*: sind die zwei Hälften des unvollständigen Mannes einmal vereinigt, so garantiert nichts das »Ende der Geschichte«, ein Ausruhen in der Fülle. Aber auch nichts erlaubt – Calvino hat es stets wiederholt –, bei einer neuen Teilung zwischen dem heiteren Müßiggang der skeptischen Reflexion (wohin sich Autor und Leser gemeinsam zurückziehen) und der ihrer Unordnung und ihrem chaotischen Treiben überlassenen Geschichte einzuhalten. Ebendiese Teilung wird in einer weiteren Bewegung, welche das skeptische Bewußtsein davor bewahrt, der resignierten Indifferenz in die Falle zu gehen, wiederaufgenommen und mit neuem Schwung versehen.

Wenn Calvino den Gegensatz von Oberfläche und Tiefe denkt und erzählt, den von Innen und Außen, von Hell und Undurchsichtig, von Ordnung und Unordnung, von geometrischen Modellen und der Widerständigkeit der menschlichen Welt, wenn er alle diese Gegensätze aufnimmt, in der Opposition von Form und Unform oder in der von geschriebener Welt und ungeschriebener Welt, so sehen wir ihn von der Zweiheit ausgehen, nicht um für einen der beiden Begriffe zu votieren und auch nicht, um die Gegensätze aufzulösen, sondern um die Zweiheit zur Quelle der Mannigfaltigkeit zu machen. Das abschließende Kapitel der *Sechs Vorschläge* zeigt sehr deutlich die Richtung, in welche Calvino sein Denken und sein Werk orientiert hatte.

Es scheint mir wichtig, hier eine Bemerkung anzufügen: wer das Werk Calvinos sehr aufmerksam liest, wird sich hüten, es zu rasch, wie man versucht sein könnte, zwischen die Philosophen und die Theoretiker einzuordnen, die den »Tod des Menschen« oder den »Tod des Subjekts« verkündet haben. Diese Frage stand lange in den Humanwissenschaften auf der Tagesordnung. Sie ist immer noch in einigen unserer Diskussionen gegenwärtig, und Calvino war selbst so sehr damit vertraut, daß es angezeigt ist, seine Auffassung deutlicher zu bestimmen.

Ja, Calvino hat das Auslöschen der Grenzen des Ich gewünscht, er hat nicht verheimlicht, welche Anziehung

Ovids *Metamorphosen* und die flexible Unstabilität der Formen auf ihn ausübten. Er hat uns zur Bescheidenheit ermahnt: wir sind nicht die souveränen Schöpfer unserer Persönlichkeit und unserer Sprache. »Je weiter wir bei der Unterscheidung der verschiedenen Schichten voranschreiten, die das Ich des Autors bilden, desto deutlicher bemerken wir, daß viele dieser Schichten nicht dem Individuum Autor zugehören, sondern der gemeinsamen Kultur, der geschichtlichen Epoche oder den tiefen Ablagerungen der Gattung. Der Ausgangspunkt der Kette, der eigentliche erste Gegenstand des Schreibens, scheint immer ferner zu liegen, immer entlegener und unerkennbarer: vielleicht ist es ein Ich-Phantasma, ein leerer Raum, eine Abwesenheit« (*Una pietra sopra*, a. a. O., S. 318). Die Zuhörer von Calvinos Harvard-Vorlesungen fanden sich dennoch einem Menschen gegenüber, dessen stets persönlicher Ton die Treue zu einem zusammenhängenden Thema genügend bezeugte. Der da zu ihnen sprach, blieb von Vorlesung zu Vorlesung sehr wohl mit sich selbst identisch. Er hatte nicht auf seine Eigenschaft, Subjekt zu sein, verzichtet. Seine Reflexion über die neuen Möglichkeiten der Literatur und über den Rückgriff auf bestimmte zwingende Anordnungen im Reich der Fiktion (des Hyper-Romans) war selbst nicht das Ergebnis irgendeiner zwingenden Anordnung. In seiner Erkundung der Geschichte, seiner Wahl der Zitate und in seinen Kommentaren nahm man Sprache und Willen einer Person wahr und nicht das anonyme Rauschen einer von unabhängigen Mechanismen oder von den Bedingungen der historischen Epoche ausgelösten Sprache. Selbst wenn er für die Sache einer durch das Auslöschen des »auktorialen Ich« charakterisierten Literatur plädierte und sie rechtfertigte, so entfernte er sich nicht von sich selbst. Er setzte ein Ich in Szene, das alle Räume öffnen wollte und das, um dies zu erreichen, bereit war, die Umrisse seiner eigenen Gegenwart zu opfern. Indem er das tat, bewahrte er diskret und unerschütterlich die Verantwortung für die Inszenierung.

So war es nicht immer, wenn die Literatur unseres Jahrhunderts sich an die Autonomie des Subjekts wagte. In dem Entwurf, den die Surrealisten formuliert haben (ihre Abkömmlinge sind uns noch nahe), war das Verschwinden des Ich viel radikaler. Das individuelle Bewußtsein war aufgefordert, auf alle Macht zugunsten der Sätze zu verzichten, die das »universelle Bewußtsein« diktieren würde. Die Richtung würde durch den Automatismus vorgegeben. Und man muß wohl feststellen, daß der Automatismus der Surrealisten, mittels der romantischen Bilder der Tiefe, das Erbe des antiken *vaticinium* bewahrte. Für Calvino gilt das ganz und gar nicht. Er bezieht eine Position, die jener der Surrealisten völlig entgegengesetzt ist: während diese die Künstlichkeit der Sprache bestritten, fordert er die Unterstützung durch eine gereinigte und überaktivierte Künstlichkeit. Er weiß, daß das Gefühl der Wahrheit in der Literatur sehr bewußt als eine *Wirkung* der Wahrheit hervorgebracht werden kann. Aber er weiß auch, wie enttäuschend und letztlich unbedeutend die Bücher wären, die vollständig von Maschinen erzeugt würden. Der Rückgriff Calvinos auf zwingende Anordnungen und auf kombinatorische Systeme erscheint mir als eine Methode, die eher darauf abzielt, die persönliche Intervention des Autors zu verlagern, als darauf, sie auszuschalten. Auch wenn diese Intervention ein vorsortiertes Material übernimmt, ist sie deshalb nicht weniger entscheidend. Sie setzt einen Körper in Gang, der ihr umfassendere Formen zur Interpretation bietet. Ihm kommt es zu, sich in seiner Eigenbewegung wieder eines geschickt vorbereiteten Codes zu bemächtigen, der umfassender und feiner differenziert ist als derjenige, den die Sprache und die Syntax jedem auferlegen, der sprechen oder schreiben will, aber doch von gleicher Art. In diesem Sinne müssen die »Maschinen« und die Klassifikationssysteme, die Calvino zur Anwendung vorgeschlagen hat, als Multiplikatoren vorläufiger Formen betrachtet werden, die ebenso viele Chancen für die Sprache und die Handlung eines Subjekts sind, das nichts von seiner Interpretationsfähigkeit und seinem Geschmack an der Freiheit verloren hat. Bedarf es eines Beispiels? Das Tarotspiel im *Schloß, darin sich Schicksale kreuzen* hat weder den Wert von Vorbedeutungen, den die Surrealisten jeder seiner Figuren zuschreiben, noch den neutralen Status einer arithmetischen Reihe, deren Umverteilungen unmittelbar und zwangsläufig einen bestimmten Sinn hervorbrächten. Bei jedem Kartengeben nötigen die gleichen Figuren nicht zu einer einheitlichen und unveränderlichen Lektüre, die aus ihnen jedesmal ein stereotypes Erzählungssegment machen würde. Calvino hat sich die Freiheit genommen, sie in einer stets anderen Art zu deuten, wie er es (sagt er uns) in seiner Kindheit tat, bevor er lesen gelernt hatte, als er seine liebsten Cartoons wieder und wieder studierte und sie jedesmal etwas anderes sagen ließ (*Sechs Vorschläge*, a. a. O., S. 129). Man sieht ganz deutlich, daß der Punkt, an dem der durch die aleatorischen Formen auferlegte Zwang endet, gerade der ist, wo die persönliche Einbildungskraft, die Projektion des Verlangens im Geist einer wiedergefundenen Kindheit an dessen Stelle treten. Jede Kartenlage ist zunächst das (im wörtlichen Sinne des Begriffs) schicksalhaft *gegebene*

Objekt, das zum Vorwand einer freien *Lektüre* wird, die sich zur erzählenden *Schrift* entwickelt. Zweifellos entsprechen diese Lektüre und diese Schrift noch Regeln, die sie disziplinieren. Aber die auf wundersame Weise angetriebene Einbildungskraft kann *in der Zwischenzeit* das Weite suchen. Die Strategie Calvinos, der ein Meister der Umkehrung ist, scheint es gewesen zu sein, in der Richtung der formellen Forderung zu übertreiben, damit das auf eine unbedingtere und intensivere Weise in Erscheinung tritt, was sich durch keinerlei Form meistern läßt. Ein zusätzlicher Beweis (aber es gibt deren viele andere) findet sich in *Unter der Jaguar-Sonne*. Nichts ist formaler, nichts willkürlicher als die getrennte Behandlung eines jeden der fünf Sinne. Trennen heißt abstrahieren, lehren die Philosophen. Jeden der Sinne isoliert darzustellen war das beliebte Verfahren der Allegoriker in der Poesie wie in der Malerei, und die Allegorie übersetzte kalt die gelebte sinnliche Erfahrung. Aber die erzählerischen »Exerzitien« von *Unter der Jaguar-Sonne* sind ganz und gar keine Allegorien. Ihre formale Struktur und sogar ihre Verwendung deskriptiver Codes, die gewöhnlich auf das Register der Sinne angewendet werden, enthüllen bis zur Beklemmung, was die Begegnung der äußeren Welt mit der inneren in unserem Körper an Undurchsichtigem hat. Das formalisierte Exerzitium diente als Initiationsprüfung, zunächst um die zu engen Schranken des Ich zu durchbrechen und dann, um die Grenzen des Formalisierbaren zu erreichen und zu überschreiten. So hat Calvino durch das Mittel der Sprache dem Gerechtigkeit widerfahren lassen, was sich der völligen Bemächtigung durch die Sprache entzieht: unserem fühlenden Leib, unserer unfaßbaren Freiheit.

Quellenangabe

Die Originale der hier versammelten Texte sind erstmals an folgenden Orten veröffentlicht worden:

»Der Weg nach San Giovanni« (*La strada di San Giovanni*): in der Zeitschrift »Questo e altro« Nr. 1, 1963;

»Autobiographie eines Zuschauers« (*Autobiografia di uno spettatore*): als Einleitung zu dem Band von Federico Fellini, *Quattro film*, Einaudi, Turin 1974;

»Erinnerung an eine Schlacht« (*Ricordo di una battaglia*): im »Corriere della Sera« vom 25. April 1974;

»Die Mülltonne« (*La poubelle agréée*): in der Zeitschrift »Paragone« Nr. 324, Februar 1977;

»Aus dem Verschatteten« (*Dall'opaco*): in dem Sammelband *Adelphiana*, Adelphi, Mailand 1971.

Inhalt

Italo Calvino
im Carl Hanser Verlag

Die unsichtbaren Städte
Roman. Aus dem Italienischen von Heinz Riedt
1977. 200 Seiten

Das Schloß, darin sich Schicksale kreuzen
Roman. Aus dem Italienischen von Heinz Riedt
1978. 152 Seiten mit Abbildungen

Wenn ein Reisender in einer Winternacht
Roman. Aus dem Italienischen von Burkhart Kroeber
1983. 320 Seiten

Kybernetik und Gespenster
Überlegungen zu Literatur und Gesellschaft
Aus dem Italienischen von Susanne Schoop
1984. 240 Seiten

Herr Palomar
Aus dem Italienischen von Burkhart Kroeber
1985. 152 Seiten

Abenteuer eines Lesers
Ausgewählte Erzählungen. Zusammengestellt vom
Autor und mit einem Nachwort von
Hans J. Fröhlich. Aus dem Italienischen von Nino Erné
Juliane Kirchner, Helene Moser, Oswalt von Nostitz und
Caesar Rymarowicz
1986. 304 Seiten

Unter der Jaguar-Sonne
Drei Erzählungen.
Aus dem Italienischen von Burkhart Kroeber
1987. 101 Seiten

Italo Calvino
im Carl Hanser Verlag

Marcovaldo oder die Jahreszeiten in der Stadt / Der Tag eines Wahlhelfers
Aus dem Italienischen von Heinz Riedt, Nino Erné und Caesar Rymarowicz
1988. 221 Seiten

Cosmicomics
Aus dem Italienischen von Burkhart Kroeber
1989. 424 Seiten

Sechs Vorschläge für das nächste Jahrtausend
Harvard-Vorlesungen.
Aus dem Italienischen von Burkhart Kroeber
1991. 176 Seiten

Unsere Vorfahren
Der geteilte Visconte
Der Baron auf den Bäumen
Der Ritter, den es nicht gab
Drei Romane.
Aus dem Italienischen von Oswalt von Nostitz
1991. 528 Seiten

Wo Spinnen ihre Nester bauen
Roman. Mit einem Vorwort des Autors.
Aus dem Italienischen von Thomas Kolberger
1992. 224 Seiten

Die Braut, die von Luft lebte, und andere italienische Märchen
Gesammelt und nacherzählt von Italo Calvino
Mit einer Einführung von Paul-Wolfgang Wührl.
Aus dem Italienischen von Burkhart Kroeber
und mit zahlreichen Ilustrationen von Susanne Janssen
1993. 472 Seiten